Das neue badische Witzbüchle

Helmut Dold

Das neue badische Witzbüchle

Mit Zeichnungen von Björn Locke

SILBERBURG

Helmut Dold, Jazztrompeter, Entertainer, Mundart-Comedian – badisches Urgestein! Als Sohn eines Metzgers 1958 in Kuhbach bei Lahr geboren, studierte er zunächst klassische Trompete, wurde Blasmusk-Dirigent, Trompetenlehrer und arbeitet heute als freier Musiker. Mit verschiedenen Jazzformationen wie auch mit seinem Soloprogramm als Mundartkünstler (»De Hämme«) tritt er regelmäßig in der Region auf, wo er eine feste Größe ist.

1. Auflage 2021

Illustration, Umschlaggestaltung, Layout und Satz:
Björn Locke, Nürtingen.
Lektorat: Michael Kohler, Karlsruhe.
Druck: CPI Books, Leck.
Printed in Germany.

ISBN 978-3-8425-2340-1

Inhalt

Vorwort

Das gibt's doch nicht! Jetzt halten Sie schon mein viertes Witzbüchle in Ihren Händen – und es ist wieder prall gefüllt mit kleinen, feinen, derben, deftigen, frechen, frivolen Witzen und mit vielen lustigen Geschichten mitten aus dem badischen Leben!

Und alles ist wieder in dem wunderbaren Dialekt geschrieben, den wir Badner in und um Lahr und im schönen Schuttertal »babble« und »schwätze«. Und ich bitte Sie wieder: übersetzen Sie alle Witze, die Ihnen gefallen, in Ihren eigenen Dialekt ... tragen Sie sie im Verein oder im Freundeskreis vor und sagen Sie bitte dann am Schluss: »Den habe ich vom Hämme!«

Herzlich danken möchte ich endlich einmal meinem tollen Lektor Michael Kohler und meinem sagenhaften Zeichner Björn Locke, der mich wieder so toll unterstützt, obwohl er – als hochdeutsch sprechender Mensch – kein einziges Wort in meinem Buch versteht!

Ganz herzlich danken möchte ich meiner einzigartigen Gattin Diana, die alle meine Witze immer als Erste hören muss, oft »na ja« oder gar »aber der kummt uff kei Fall ins Biächli« sagt und sich dann trotzdem nicht ärgert, wenn er dann doch »im Biächli« ist!

Herzliche Grüße und viel Spaß mit meinem neuen Buch!

De Hämme (Helmut Dold)
www.de-haemme.de

Uff de Bühni!

Uff de Bühni!

Ich liebe es, Witze zu erzählen! Und in meinem Mundartprogramm »De Hämme« spielen Witze neben meinen Liedern und den Gedichten und Geschichten meiner alemannischen Mundartfreunde eine ganz wichtige Rolle. »Uff de Bühni« kann ich natürlich auch wunderbar neue Witze testen! Kommt einer nicht oder nur wenig an, wird er natürlich nie mehr erzählt. Ist es aber ein Knaller ... ja dann bleibt er natürlich im Programm und kommt halt dann auch irgendwann ins neue Buch. 2017 kam mein drittes Buch auf den Markt, und so hatte ich nun drei Jahre Zeit zum Testen und ... hier sind nun dreizehn »Uff de Bühni« ausprobierte Raketen – Hämme's neue Hämmer!

Ä älteri Dame kummt zur Fahrschuel Weber un sait zum Chef: »Herr Weber! Ich wott gern bi Ihne de Busführerschien mache!«

De Kurt lacht un sait: »Gnädigi Frau! Derf ich emol froge, wie alt Sie sinn?«

»Ich bin 86!«

»Un mit 86 welle Sie noch de Busführerschien mache! Wie kumme Sie denn uff die Idee?«

»Wisse Sie, Herr Weber! Ich bin ledschd Woch in ä Polizeikontroll kumme. Un do het der junge Polizischt gmeint, er findet, für mich wär's besser, wenn ich ab sofort Bus fahre dät!«

Ä Moler het in Kuhbach birer Familie d' Kuchi gstriche un wu er faschd fertig war, isch de Husfrau iigfalle: »Mensch, im Schlofzimmer isch jo noch der hässliche Fleck an de Wand!«

Wenn ihr Mann nochts heimkummt, stützt er sich immer mit de Hand an de Wand ab. Un dann het sie zu dem Moler gsait: »Herr Bühler! Mir zwei gänn jetzt mitenander ins Schlofzimmer un dann zeig ich Ihne die Stell, wu minner Mann nochts immer hinlangt!«

Un de Bühler Norbert het gsait: »Sinn Sie mer bitte nit bös, Frau Müller! Aber ... ä Fläschli Bier ... wär mer echt liäber!«

Drei Ärzt sinn am Stammtisch ghockt un hänn ganz gmietlich ibber 's Läbe diskutiert. Ibber Fußball, Politik, d' Wieber ... un dann sinn sie halt au uff des Thema kumme, wie sie sich emol in drißig odder vierzig Johr beerdige lasse welle.

De Zahnarzt het gsait: »Männer! Wenns bi mir mol so wit isch, wünsch ich mir ä Grabstein uss Marmor, middeme große Zahn druff!«

Un de Kardiologe het glacht un het gmeint: »Sei mer nit bös, Kumpel! Aber die Idee, die isch so super ... die mach ich dir eifach noch! Ich nimm au ä Grabstein uss Marmor, aber natierlich middeme scheene Herz druff!«

Un de Urologe ... ha, der het grübelt un grübelt, un het dann schließlich gsait: »Jungs! Wissener was ... ich glaub, ich lass mich verbrenne!«

Sie sinn zum erschde Mol mitenander furtgange ... un alles lauft super.

Er sait: »Solle mer zum Schluss vun dem scheene Obe noch zu mir gehn un ä bissli Musik horche?« Sie: »Wirklich nur Musik horche?«

»Natierlich!«

»Un, was mache mer, wemmer dinni Musik nit gfallt?« »Ha, dann ziägschd dich halt eifach widder an un gehsch!«

De Kommissar isch verzwiefelt! Sinner Sohn isch voll in de Pubertät, un er weiß sich nimmi anderschd z'helfe: Er nimmt ussem Gschäft ä Lügendetektor mit. Un immer, wenn halt einer liägt, piepst des Ding! Er baut dänne Lügendetektor im Wohnzimmer uff, de Sohn kummt heim, un de Vadder frogt ne: »Bisch in de Schuel gsii, Bua?«

»Klar doch, Babba!«

PIEP!

»Also, Babba! Ich gibs zu ... ich war mit Kumpels im Kino!«

PIEP!

»Also, ehrlich! Ich bin mit minne Kumpels in de Wirtschaft gsii un mir hänn Bier drunke!«

»Was? Bier drinke ... in dinnem Alter? Wu ich so alt war wie du, hab ich niä Bier drunke!«

PIEP!

D' Mudder schaltet sich ii: »Typisch! Dinner Sohn halt!«

PIEP!

D' Hushälteri kummt ganz uffgregt zum Pfarrer un sait: »Herr Pfarrer, Herr Pfarrer! Stelle Sie sich vor, was hit in de Badische Zitung steht: D' Polizei het unser Nochber, de Meier-Friseur, verhaftet! De Meier-Friseur het johrelang mit Droge ghandelt! Un ä kleins Bordell het er au betriebe!«

De Pfarrer schiddelt de Kopf un sait: »Maria! Do sieschd du widder mol, wie schlecht mer doch sinni Mitmensche kennt! Jetzt war ich doch johrelang Stammgaschd bim Meier! Un hab garnit gwisst, dass der Friseur isch!«

Drei kleini Biäbli hocke uffeme Mierli un bestaune ä roter Ferrari.

De erschde Bua sait: »Wenn ich mol groß bin, wirr ich Fußballprofi bim SC Freiburg, verdien ganz viel Geld un kauf mir so ä roter Ferrari!«

De zweite Bua meint: »Un wenn ich mol groß bin, wirr ich genauso wie minner Vadder, Manager vunere ganz große Firma, verdien saumäßig viel Geld un kauf mir au so ä roter Ferrari!«

De dritte Bua sait: »Un wenn ich groß bin, wirr ich Prostituierte! Ich weiß zwar nit ganz genau, was des isch, aber minni große Schwester, die isch des ... un däre ghert der rote Ferrari!«

Ä Familie ussem Schwarzwald het ä Papagei. Des Tierli isch leider schun uralt un stirbt! De Familierat – Babba, Mama, die zwei Töchter – beschließt: D' Mama geht am nächschde Dag nach Friburg in ä Zoohandlung un kauft ä neuer Papagei. Die Mudder geht in dänne Lade, do hockt middedrin ä scheener Papagei uffeme Stängli, der sieht sie un sait: »Hallo, schöne Frau! Chic sehen Sie aus! Ich wünsche Ihnen einen wunderschönen Tag!«

Die Mudder verliebt sich sofort in dänne Papagei un sait zum Zoohändler: »Dänne nämme mer!«

Der Zoohändler zuckt ä bissli zsämme un sait: »Gnädige Frau! Des isch de Rocco. Der isch echt super, aber ... fairerwies mueß ich Ihne des sage: de Rocco het ä ganz schlimmi Vergangeheit, der war johrelang imme Bordell!«

»Was? Des arme Tierli! Der kummt sofort zu uns ... der het ab sofort nur noch scheeni Däg in sinnem Läbe!«

Deheim setzt sie de Rocco im Wohnzimmer uff ä Stängli, gibt ihm ä bissli Wasser un ebbis zum Veschpere, do kummt die jüngschd Tochter von de Schuel heim. De Rocco sieht des Maidli un sait: »Hallo, süßes Kind! Bist du neu im Club? Herzlich willkommen im Club! Super Busen, super Busen, super Busen!«

D' Mama denkt: »Ha, ä bissli miämer middem Rocco schun noch übe!«

Do kummt die groß Tochter vum Schaffe. De Rocco dreht faschd durch: »Hallo, schönes

Kind! Bist du auch neu im Club? Herzlich willkommen im Club! Super Busen, super Beine, super Busen, super Beine!«

Die Töchter schaue ganz verdutzt d' Mama an, do geht d' Dier uff, un de Babba kummt rii. De Rocco fangt an z'flattere un krächzt voller Freid: »Hallo, Jürgen!«

Uff de Bühni het ä Musiker emol gsait: »Eigentlich hab ich hit Obe garnit kumme welle! Ich bin 2. Vorstand im Club der »Anonyme Pessimisten« un mir hätte jetzt grad unseri Hauptversammlung! Aber mir hänn sie abgsait ... 's bringt jo doch nix!«

Polizei. Wage 42 meldet sich bi de Zentrale: »Hallo, Zentrale! Hier isch Wage 42! Mir sinn grad in de Kaiserstroß un hänn ä Fall vun häuslicher Gewalt.«

Zentrale: »Wagen 42! Was ist passiert?«

»Ä Frau het ihren Mann k. o. gschlage! Er isch in ihre frisch putzti Kuchi gloffe!«

Zentrale: »Wagen 42! Haben Sie die Frau schon festgenommen?«

»Nein!«

Zentrale: »Warum nicht?«

Wage 42: »Der Bode isch noch nit trocke!«

Den nächsten Witz könnte man eventuell in die Kategorie »frauenfeindlich« einordnen, aber ... wer mich kennt, weiß, dass ich die Damen verehre und nie einen schlechten Witz über Frauen erzählen würde. Der Witz bekommt »uff de Bühni« immer eine ausführliche Anmoderation, und die meisten Damen können dann über ihn so lachen wie die Dame, die im Witz mitspielt!

Ä schun ä bissli älteri Frau un ä älterer Mann hänn sich im Internet kenneglehrt un treffe sich jetzt zum erschde Mol persönlich im Café Burger in Lohr.

Glich zu de Begrüßung sait er: »Ich mueß der ebbis sage! Momentan bin ich an ebbis Feschdem nit interessiert!«

Sie lacht un sait: »Dann kann ich dir wärmstens minni Oberschenkel empfehle!«

Beim »Ärztewitz« und später auch beim »Papageienwitz« habe ich etwas gemacht, was ein guter Witzeerzähler eigentlich vermeidet, denn das Thema »Tod« ist natürlich überhaupt nicht witzig und darum auch für uns Witzeerzähler – eigentlich – tabu.

Im letzten Witz dieses Kapitels kommt nun auch noch das Thema »Religion« ins Spiel – und jeder richtig gute Witzeerzähler sagt nun sofort: Stopp! Geht nicht! Nicht erzählen! Aber dieser Witz ist so gut, dass ich ihn gern als Zugabe erzähle und ausdrücklich auf die Gefahren hinweise. Meistens bekomme ich auch ganz viel Applaus! Hoffentlich jetzt auch von Ihnen!

Ä Familie in Kuhbach beschließt an Wihnochte: im nächschde Johr mache mir endlich widder mol Urlaub mitenander. Alli gänn mit – Babba, Mama, die Töchter, Opa un Oma.

Un der Kuhbacher sait: »Un minni Schwiegereltere lad ich au noch ii!« Sie mache ä Traumurlaub in Israel! 14 wunderbari Däg, aber am ledschde Dag bassiert ebbis Furchtbares: Die Schwiegermudder vun dem Kuhbacher stirbt! Er erkundigt sich, was ä Überführung nach Kuhbach kostet: 10 000 Euro! Er schluckt kurz un frogt dann de Bestatter, was ä sehr festliches Begräbnis in Israel kostet: 250 Euro!
Er sait sofort: »Mir mache trotzdem die Überführung!« Der Bestatter will wisse, warum? Un de Kuhbacher erklärt ihm: »Wisse Sie! Bi Ihne in Israel isch vor ibber 2000 Johr schun emol ebber gstorbe! Un nach drei Dag isch der widder auferstande! Un ... des Risiko isch mer eifach z'groß!«

De Burgermetzger war ä kleiner, ganz dicker Mann. Un ä ganz großer, runder Kopf het er ghet! Sinner Lehrling war wahnsinnig ehrgeizig un fleißig: »Chef! Was soll ich mache?«

»Ha, jetzt machsch emol de Kühlraum sufer!«

»Chef! Was soll ich mache?«

»Jetzt gehsch in de Lade un hängsch Salami uff!«

»Chef! Was soll ich mache?«

De Burgermetzger isch faschd wahnsinnig wore! Dann het er glacht un het gsait: »Jetzt gehsch in de erschde Stock nuff! Machs Fenschder zu de Märktstroß uff, ziägsch d' Hos nunter, d' Unterhos au ... un hängsch de Hintere ä halbi Stund zum Fenschder nuss!«

Nach drißig Minute isch de Lehrling widder dogstande un het gfrogt: »Chef! Was soll ich mache?«

»Ja! Was hesch jetzt die ledschd halb Stund gmacht?«

»Wie Sie gsait hänn, Chef! Ich bin in de erschde Stock, hab 's Fenschder uffgmacht, d' Hos un d' Unterhos nunter un hab minner Arsch ussem Fenschder ghebt!«

»Ja, um Himmels wille! Was hänn die Lit gsait, wo durchgloffe sinn?«

»Gute Morge, Herr Burger!«

Kurz un bündig – lang un trotzdem knackig

Viele Witzeerzähler lieben kurze Witze. Zack-zack-Pointe. Andere stehen mehr auf lange, schön aufgebaute Geschichten, die den Zuhörer mitnehmen auf eine spannende Reise und dann ... dann kommt mit der Pointe die Auflösung und für den Witzeerzähler natürlich das Schönste: der Applaus! In diesem Kapital wechsle ich einfach ab – mal kurz, mal lang. Viel Spaß!

Was isch eigentlich de gröschde Unnerschied zwische Mann un Frau?

Die Bedeutung vun dem Satz: »Was fir ä Arsch!«

Ä Mann lauft in Lohr durch d' Märktstross un denkt, er sieht nit rächt! Versucht doch do ä Kerli ä kleiner Elefant in ä Husiingang z'schiebe!

Er frogt: »Kann ich Ihne helfe?«

»Ha, des wär super!«

Sie schiebe dänne Elefant in de Husgang.

De Lohrer sait: »Er mueß nuff in de erschde Stock !«

Obe sait er: »Moment! Ich schließ schnell minni Wohnung uff – un dann mueß er ins Bad!«

Wu der kleine Elefant endlich im Bad isch, sait der Mann zu sinnem freundliche Helfer: »Uff dänne Erfolg drinke mer bigoschd grad ä Bier, odder?«

Sie hocke gmietlich in de Kuchi, do frogt de Helfer: »Des miän Sie mer jetzt halt schun erkläre, mit dem Elefant im Bad!«

»Des isch so! Nachher kummt minni Schwester mit minnem Schwager zum Kaffee. Un minner Schwager isch so ä richtiger Klugscheißer! Un immer, wenn ich ebbis verzehle will, sait er: »Weiß ich doch, weiß ich doch!« Un des macht mich wahnsinnig! Un jetzt drinkt er glich zwei Tässli Kaffee, dann mueß er pinkle, geht ins Bad, kummt russ un sait: »Du, Edwin! In deinem Bad steht ja ein kleiner Elefant!«

Un ich sag dann ganz lässig: »Weiß ich doch, weiß ich doch!«

Es rägent viehmäßig. Um halber zwei in de Nocht klingelts an de Husdier. De Husherr macht total verschlofe die Dier uff, steht doch do ä ziemlich bsoffener Mann un frogt lallend: »Könnte Sie mich eventuell anschiebe?«

De Husherr knallt wortlos die Dier zu un geht widder ins Bett. Sinni Frau frogt, was war ... un er verzehlt halt die Gschicht vun dem Bsoffene.

Sinni Frau schimpft: »Du bisch bigoschd ä undankbarer Kerli! Wu mir neulich im Grabe glandet sin, hets au so g'rägent un mir ware heilfroh, dass der Bur middem Bulldog kumme isch un uns risszoge het! Du ziägsch dich sofort an un schiebsch dänne arme Mann an!«

Er steht uff, ziägt de Rägemantel un d' Gummistiefel an un stiefelt nuss.

»Hallo, sinn Sie noch do?«

»Ja.«

»Bruche Sie noch ebber, wu Sie anschiebt?«

»Ja.«

»Wu sinn Sie?«

»Ich hock dohinte uff de Schaukel!«

De Chef frogt sinner Angestellte: »Herr Zehnle! Welches Ziel haben Sie?«

»Fierobe!«

»Na ja ... und längerfristig?«

»Wocheend!«

»Herr Zehnle! Ich meine so richtig langfristig!«

»Ach so, Chef! Urlaub!«

Leider wieder das Tabuthema, es wird halt wieder gestorben in meinem Buch, aber irgendwie goldig!

Ä Kätzli kummt in de Himmel, un de Petrus sait: »Du warsch so ä liäbs Tierli! Du derfsch der ebbis wünsche!«

»Ach, ich wott grad ä kleiner Teppich un ä weichs Kisse ... mäh bruch ich nit!«

Dann kumme drei kleini Miesli in de Himmel, un de Petrus meint: »Ihr drei ware so richtig liäbi Tierli! Ihr derfe eich ebbis wünsche!«

»Ach, mir hänn uns immer gfreit, wenn die junge Maidli mit ihre Inlineskater gfahre sinn ... des wottemer au mol!«

Am nächschde Dag macht de Petrus sinni Runde un sieht, wie des Kätzli sich ganz z'friede d' Pfote leckt! Er lacht un frogt: »Wie gfallts der eigentlich bi uns im Himmel?«

»Super! Es isch wunderbar! Un des Beschd isch des Esse uff Räder!«

Zu diesem Thema passt wunderbar ein Witz, den Mike Krüger einmal in einer Fernsehsendung ganz toll erzählt hat.

Als de Helmut Kohl in de Himmel kumme isch, het de Petrus zur Begrüßung gsait: »Herr Kohl, Sie waren einer der größten Staatsmänner unserer Zeit. Mein Chef hat beschlossen: Sie dürfen selbst entscheiden – Himmel oder Hölle!«

De Helmut Kohl het gschmunzelt und het gsait: »Dann schaue ich mir zuerst einmal die Hölle an!«

Er war total begeischdert! Ä Riesenparty! Die Benny Goodman Bigband het gspielt, d' Marilyn Monroe het middem John F. Kennedy am Pool tanzt, bekannti Politiker, Schauspieler, Entertainer ... Frank Sinatra, Harald Juhnke ... alli ware do!

De Helmut Kohl het gsait: »Nun schaue ich mir noch den Himmel an!«

Traumhaft! Berge, Seen, Ruhe, Harfeklänge, d' Berliner Philharmoniker hänn ä Nachmittagskonzert gspielt, de Caruso het gsunge, Kellner im Smoking mit Fliege hänn ihre Gäschd Sachertort serviert ... de Helmut Kohl war fasziniert.

De Petrus het gsait: »Herr Kohl! Sie haben die Wahl!«

Helmut Kohl het bedächtig de Kopf gschiddelt, dann aber ganz kurz entschlosse gsait: »Ich möchte in die Hölle!«

De Petrus het ihn zum Tor gführt, des Tor zur Hölle geht uff, es isch uff einmol briädig heiß, zwei grobi Kerle zerre de Helmut Kohl an ä großer Ofe, drucke ihm ä Schufel in d' Hand un zische: »Auf geht's, Dicker! Tempo, Tempo!«

De Helmut Kohl blickt hilfesuchend zum Petrus, der zuckt d' Schulter und sait: »Herr Kohl! Vor der Wahl, nach der Wahl!«

Die neue Sekretärin sait zu ihrem Chef: »Herr Berger! Ihr Ziel ist es also, mein Herz zu erobern?«

»Also, eigentlich liegt min Ziel ä bissli tiefer!«

De Chef tobt: »Moser! Sie hänn die Arbeitsmoral vunere Katz! Am Morge schliche Sie ins Büro, lege d' Pfote uff de Tisch un warte uff die Mäuse!«

Ein bisschen schwarzer Humor, aber: einer meiner Lieblingswitze!

Abendgebet einer badischen Ehefrau: »Lieber Gott! Du hesch mer ä wunderscheeni Kindheit gschenkt. Hesch mer sie aber schnell widder gnumme! Dann hesch mer ganz viel jugendliche Freiheit gschenkt. Die hesch mer dann aber au relativ schnell widder gnumme! Un dann hesch mer ä Mann gschenkt. Un des isch jetzt schun ziemlich lang her! Ich möcht dich nur daran erinnere!«

Ä Frau uss Offeburg schenkt sich zum Geburtstag ä großi Schönheitsoperation. Buse, Buch, Gsicht ... Total glicklich un zfriede geht sie uffem Heimweg vun de Klinik an ä Kiosk, um sich ä Zitung un ä paar Heftli z'kaufe. De Verkäufer lächelt sie freundlich an, un sie kanns irgendwie nit losse un frogt ne: »Entschuldigen Sie bitte! Ich hoffe, Sie haben nichts gegen meine Frage, aber: Wie alt schätzen Sie mich eigentlich?«

»Gnädigi Frau! Ha! Sie sähne spitze uss! Sie sinn höchstens 35!«

Sie strahlt un sait: »Ich bin 47!«

Sie geht in ä Bäckerei, un sie mueß die Verkäuferin einfach froge! Die sait: »Also! Ich schätz Sie uff 30!«

Sie strahlt widder un sait ganz uffgregt: »Ich bin 47!«

Ganz glicklich wartet sie dann an de Bushaltestell. Ä älterer Herr wartet au uff de Bus. Sie zögert, aber ... eimol mueß sie noch froge. Der ältere Herr lacht un sait: »Ich bin 78 un sieh nimmi so rächt. Aber friäher! Friäher ... do hab ich jedere Frau sofort 's Alter sage könne! Ich hab nur kurz an de Buse un ans Ärschli lange miän un des het glangt!«

Sie überlegt, zögert, überlegt nochmol, schaut sich um, ob ebber kummt, sait: »Also gut!«

Der ältere Herr testet ganz gmietlich un genüsslich ... und sait dann, wie uss de Pistol gschosse: »Sie sinn 47!«

Sie staunt un frogt: »Und das können Sie mit dem ... ähh ... Test so sicher sagen?«

»Ich bin ehrlich, gnädigi Frau! Ich bin bim Bäcker hinter Ihne gstande!«

D' klein Eva frogt d' Mama: »Du, Mama! Könne Engel eigentlich fliege?«

»Ja, Schatz!«

»Aber d' Rita kann doch nit fliege?«

»Aber nei, Eva! D' Rita isch doch dinn Kindermaidli!«

»Aber Mama! Ich hab ganz genau ghört, dass de Babba zu de Rita gsait het, sie isch sinner kleine, süße Engel!«

»Dann fliegt sie!«

De Schorsch frogt sinner langjährige Huusarzt: »Sag emol, Dokter! Het die Medizin au Näbewirkunge?«

De Doc schaut ganz besorgt un sait: »Ja, Schorsch! Du kannsch morge schun widder schaffe!«

Tennisplatz. Zwei Schwergewichtigi spiele Doppel. Frogt einer: »Isch des de Zentner Court?«

Vun Stroßebahne, Operatione un … vum Ludwig van Beethoven

De Sohn vum Scheich studiert in Amerika un schriebt sinnem Vadder folgenden Brief:

»Lieber Papa, Amerika ist ein tolles Land, Miami ist eine fantastische Stadt, die Menschen hier sind sehr nett und sehr freundlich. Ich fühle mich sehr wohl!

Mir ist es nur etwas peinlich, mit meinem goldenen Bugatti zur Uni zu fahren, da fast alle meine Lehrer und Kommilitonen mit der Straßenbahn kommen. Dein Sohn Mohammed«

Am nächschde Dag bikummt de Mohammed schun Antwort vun sinnem Vadder:

»Mein lieber Sohn, ich habe soeben 100 Millionen Dollar auf dein Konto überwiesen.

Mach uns bitte in Amerika nicht lächerlich und bring keine Schande über unsere Familie!

Du gehst sofort los und kaufst Dir auch eine Straßenbahn! In Liebe, Papa«

De Gänshirt Walter liegt schun uffem Operationstisch. Sinner Schwiegersohn, de beschd Chirurg in de ganze Region, wird ne glich operiere, aber de Walter will kurz vor de Narkos unbedingt nochmal middem schwätze: »Stefan, muesch nit nervös sii! Mach eifach nur dinni Ärbet rächt, aber denk dran – wenn mir ebbis bassiert, dann wohnt dinni Schwiegermudder bi dir!«

De Opa Gisler liest sinnem Enkel Julius am Bett ä Märchen vor. D' Oma Bärbel un d' Mama Patricia warte im Wohnzimmer, aber de Opa kummt un kummt nit. D' Mama macht ganz vorsichtig d' Dier uff un frogt ganz lies: »Ischer iigschlofe?«

Do sait de Julius au ganz lies: »Ja, endlich!«

Aushang am schwarze Brett im Supermarkt:

»Hallo! Wir suchen jemanden, der ernsthaft Interesse an einem flotten Dreier hat! Wir sind ein Mann und suchen zwei Frauen! Einfach anrufen unter: ...«

De stolze Vadder prahlt bim Kaffee, wie toll sinner einjährige Sohn schun schwätze kann: »Männli, sag emol Rhinozeros!«

De Kleine kummt zum Tisch krabbelt, ziägt sich miähselig an de Tischkant hoch, schaut skeptisch in die Rundi un frogt: »Zu wem, Babba?«

De Reporter vun de Lohrer Zitung macht in de Märktstroß ä Umfrag. Er frogt ä junger Mann: »Was, denken Sie, ist das größte Problem in unserer Gesellschaft: mangelndes Wissen oder Desinteresse?«

»Weiß ich nit, isch mer eigentlich au egal!«

De Lehmann Sigger schaut kurz in sinner Geldbiddel un dann zerschd zu sinnere Frau un dann ganz ernscht zu sinnem Sohn. Dann sait er: »De Bua het Geld gnumme!«

Sinni Monika giftet: »Wie kannsch des wisse? Ich könnts jo au gnumme ho!«

De Sigger schiddelt de Kopf: »Ussgschlosse! ’s isch noch ebbis drin!«

Wartezimmer. D’ Arzthelferi macht ä Durchsag: »Liebe Patienten! Aus datenschutzrechtlichen Gründen dürfen wir Sie ab sofort nicht mehr mit dem Namen aufrufen! Der Mann mit den Potenzproblemen bitte in Zimmer 2!«

De evangelische Pfarrer isch schun zwölf Johr verhierade un endlich kummt Nachwuchs! Am Friddig steht im Verkündigungsblättli ä kleini Anzeig: »Wir freuen uns sehr über die Geburt unseres Sohnes Johannes und danken dem Herrn, der über uns wohnt!«

»Ich dät des Kleid middere kleine Änderung nämme!«

»Was soll geändert werden, gnädige Frau?«

»De Preis!«

Vier Männer hocke am Stammtisch in de Rose in Steine un diskutiere ibber des Thema Sex. De eine sait: »Ha, eimol in de Woch isch schun noch drin!«

Sinner Nochber meint: »Eimol im Monet!«

De Dritte wird grad ä bissli verläge un nuschelt: »Eimol im Johr!«

Un de Viert nimmt ä kräftiger Schluck vun sinnem Bier un sait dann: »'s Johr geht au so rum!«

De junge Schauspieler verzehlt ganz stolz sinne Eltere, dass er grad sinni erschd Roll am Theater bikumme het: »Ich spiele einen Ehemann, der seit 10 Jahren verheiratet ist!«

Sinner Vadder meint: »Nit schlecht fir de Anfang, Bua! Un … viellicht kriägsch jo bim nächschde Mol au ä Sprechroll!«

D' Marktfrau sait zu dem alde Miäderli ussem Dal: »Leider hab ich nur noch vier Suppehiähner zur Usswahl!«

»Des macht doch nix! Sueche Sie mir eifach die zwei Äldeschte russ!«

D' Marktfrau verdruckt ä Grinse un holt die zwei Hiähner. »Derf ich sie Ihne glich iipacke?«

Des Miäderli lacht un sait: »Nei, dankscheen! Ich nimm die andere zwei!«

Tante Frieda isch zum Kaffee kumme. Plötzlich steht de kleine Mario uff un leckt am Kleid vun de Tante. Die frogt ganz entgeischdert: »Sag emol, Mario! Was machsch denn du do?«

Un de Mario sait: »Mama, du hesch recht! Des Kleid isch wirklich gschmacklos!«

Ä Richebacher isch durch d' Gselleprüfung gfloge un het dann uff Facebook postet: »War der erste Versuch schlecht, mach's einfach nochmal!«

Zehn Minute später ruft ihn sinner Vadder an un sait nur: »Wäge dem hesch du ä Schwester!«

In de Schuel solle die Kinder Bilder mole zum Thema »Ludwig van Beethoven«.

D' Marie molt tanzende Kinder un erklärt ihrer Lehrerin stolz: »Ode an die Freude!«

D' Stefanie molt ä wunderscheener Mond, un jedem in de Klass isch klar, was sie meint: »Die Mondscheinsonate«.

De kleine Luca molt ä richtig strammer Penis! D' Lehrerin frogt total entrüschdet: »Luca! Was soll denn des?«

Der schmunzelt un flüschdert: »Für Elise!«

Gschichtli midde ussem Läwe

5,46448 Prozent

Jedes Johr frog ich mich: Wie lang derf odder soll mer eigentlich Freunde, Bekannte, Kollege des neue Johr anwünsche? Ich mach's so: Wenn ich ebber, wu ich guad liede kann, zum erschde Mol im Johr sieh, wünsch ich ihm ä guads, gsunds, glickliches un erfolgreiches neues Johr! Ganz egal, ob des jetzt am 2. odder am 29. Januar isch. Meischdens ernt ich dann defir ä Lächle un dänne scheene Satz: »Ha, Hämme! Dankscheen, aber … 's Johr isch jo faschd schun widder rum!«

Am ledschde Sunndig war ich – mit de Frau Dold natierlich – uffeme scheene Geburtstagsfeschdli iiglade un ä anderer Gaschd het ä tolli, luschdigi Gschicht verzehlt!

Er het sinnem Bankberater am 20. Januar folgendi Mail gschickt: »Obwohl wir schon 5,46448 Prozent des Jahres geschafft haben, wünsche ich Ihnen noch ein gutes neues Jahr!«

De Bankmann het ihm zwei Dag später g'antwortet: »Nachdem ich beim Lesen Ihrer hohen Prozentzahlen einen kleinen Schwächeanfall erlitten habe, bin ich nun wieder in der Lage, auch Ihnen ein gutes neues Jahr zu wünschen!«

Isch des nit herrlich? In unserer moderne, stressige, gefühls-

kalt-digitalisierte Welt isch noch Platz fir so ä feiner Humor! Wunderbar!

Un so wünsche ich Ihne jetzt bim Läse von däre Gschicht – ganz egal, was fir ä Datum mir hit hänn – un bitte mache Sie mir ä Gfalle: Rächne Sie kurz uss, wie viel Prozent vum Johr mir schun gschafft hänn – vun Herze ä guads, gsunds, glickliches un erfolgreiches neues Johr!

Wolle noch …

Ich hab ä scheener Ufftritt in Durbach ghet un bin hinterher mit de Frau Dold zume Italiener in Offeburg gange. Es isch ä wunderbarer Obe wore!

De Chef sälber het uns bedient – alte italienische Schule, sehr elegant, sehr freundlich.

Frau Dold isch mit jedere Minut mäh zur Signora Dold wore, 's Esse un de Wii ware super – es hänn nur noch zwei Espressi zum vollkommene Glick gfehlt.

De Maestro het des natierlich gmerkt un het lächelnd gsait: »Wolle noch Kaffee, weil muß putz Maschin!« Mir hänn sprachlos gnickt un hänn dann natierlich herzhaft lache miän!

Mir war sofort klar, dass der einzigartige Satz irgendwenn emol des Thema vunere Kolumne odder vunere Gschicht in minnen Biächli sinn wird. Natürlich nit, um mich ibber die sprachliche Defizite vume wunderbare Mitmensche luschdig z'mache, sondern um die drei Botschafte vun dem herrlich-skurrile Satz an euch widderz'gänn:

1. *Babble mitenander!*
2. *Traue euch, Probleme anzuspreche, au wenn es manchmol schwierig isch!*
3. *Un … mache des alles middeme Lächle im Gsicht!*

Hoffentlich sait de Maestro noch ganz, ganz lang: »Wolle noch Kaffee, weil muß putz Maschin!«

Farbefroh in de Stadt

D' Frau Dold isch sehr modebewusst, un was mir ganz bsunders an minnere Frau gfallt: Sie schaut immer, dass ihr Alder au einigermaße rächt deherkummt! Un so isch minner Schrank voll mit echte Glanzstickli! Am Dunnerschdig hab ich ä freier Nochmiddag ghet, min Schätzli war noch bim Schaffe, 's Wetter war spitzemäßig, un so het de Hämme beschlosse – er geht ä bissli ins Städtli!

Kleidungsmäßig hab ich mich entschiede fir: roti, italienischi Sneaker, kurzi, rosa Hos un ä griäns Poloshirt. Am Rebstock hab ich ä aldi Schuelkameradin troffe. Sie het glacht un het gsait: »Farbefroh, Helmut! Farbefroh!« Am Rosebrunne hab ich mir dann ä Eisli gönnt, do kummt ä alder Kuhbacher deher un sait: »Bisch in ä Farbeimer keit, Hämme?« Ich hab garnit kapiert, was der meint, bis am alde Rothuus ä Stadtrat ibber d' Stroß briält het: »Hämme! Gehsch hit als Papagei?« Jetzt bin ich doch ä bissli unsicher wore, ob minni sälber zsämmegstellti Kleiderwahl eigentlich in Ordnung isch! Ganz gspannt hab ich dann deheim uffem Balkon uff minni Frau gwartet. Endlich isch sie kumme, het mich kurz gmuschdert, glacht un dann gsait: »Bisch so im Städtli gsii? Super! Fir Lohr viellicht ä bissli gewagt, aber ... in Mailand wärsch de absolute Hammer!«

Git's ä scheeneres Kompliment fir so ä alder Sack wie de Dolde Hämme?

Komplimente, Komplimente

Vor Kurzem hab ich eines vun de scheenschde Komplimente in minnem ganze Läwe bikumme. Ich bin in de Mittagspaus im Café Burger gsii, do isch ä Lohrer Dame uff mich zukumme un het gsait: »Also, Herr Dold! Momentan gfalle Sie mer gar nimmi! Sie sinn z'dünn!« Ich hab lache miän, hab mich natierlich herzhaft bedankt un hab gsait: »Gnädigi Frau! Lasse Sie sich drucke! Sie sinn die erschd Frau in minnem Läwe, die sait, ich bin z'dünn!«

Sit dem Dag vun minnere Geburt im Oktober 1958 kämpf ich nämlich schon mit de Pfunde! Mol erfolgreich, mol weniger erfolgreich, will ... ja will ich die Gene vun minnem wunderbare Vadder Fridolin Dold – dem legendäre Dolde-Metzger – g'erbt hab un schun bim Anblick vunere Fleischwurschd gfühlti 100 Gramm zunimm! Aber die Komplimente ginge an dem Dag noch widder! D' Frau Schulz, die wunderbare Chefin vum Café Burger, het des Gspräch mitbikumme un het lachend gsait: »Minner Mann het erschd neulich gsait: ›Du, de Helmut het ganz scheen abgnumme!‹« Des git's jo nit! Ä Kompliment vum Frank Schulz? Herrlich!

Vor Johre hab ich ä scheener Uffritt imme Näbezimmer vume Lokal in Bonndorf ghet. Ich war au innere absolute »Gewichtstiefphase«. Innere Paus bin ich am Stammtisch durchgloffe, do het mich ä Stammtischbruader angsproche: »Du singsch wie de Hämme! Du babbelsch wie de Hämme! Un du blosch sogar Trompet wie de Hämme! Aber ... du kannsch nit de Hämme sii, will ... de Hämme isch ä Fettli!« 's Läwe isch doch wunderbar, odder?

Zu dem Thema Komplimente passt au wunderbar des kleine Witzli:

Ä Mann kummt inne Wirtschaft un sieht an de Thek ä tolli Frau. Er geht sofort uff sie zue un legt au glich los: »Also, gnädigi Frau! Ich mueß Ihne ä Kompliment mache! Sie sähne eifach klasse uss! Ihri Figur – super! Un Ihre scheene Hoor – klasse! Un die wunderscheene Auge ...«

Sie het d' Schnauz voll vun däre Anbaggerei un sait ziemlich energisch: »Höre Sie doch bitte mit dem Geschmalze uff! Sie welle doch nur mit mir ins Bett!«

Er grinst un sait: »Mensch! Un intelligent sinn Sie au noch!«

Hotel Mama

In de Zitung hab ich ä herrlicher Geburtsdagsgruß gläse. Ä Familie gratuliert dem Sohn zum 18. Geburtsdag mit sehr luschdige Worte – un am End steht noch: »Herzliche Glückwünsche von deiner Köchin, deinem Chauffeur, deiner Putzfrau, deinem Geldinstitut, deinem Getränkelieferanten und deinem Partyservice!« Grandios, odder? Ich hab sofort denkt: Hotel Mama! Ich hab sälber ganz lang im »Hotel Mama« in Kuhbach gwohnt un wohn hit noch manchmol im »Hotel Schwiegermama« in Schuttertal un freu mich immer riesig ibber gebügelti Unterhemde, Sportsache un liebevoll zsämmeglegti Socke! Liebi Mütter un Schwiegermütter! Vun däre Stell mol ä herzliches Dankscheen! Was wäre mir großi un kleini Männer nur ohne euch? Un au in de Musikschuel erläb ich oft hautnah, dass manchem Pascha de Trompetekoffer direkt an de Arsch trage wird, des »Taxi Mama« dann nachem Unterricht schun mit laufendem Motor uffem Parkplatz steht, um dänne zukünftige SC-Freiburg-Profi zum Bambinitraining zu kutschiere un mueß leider au manchmol de Unmut vum licht verzogene Zögling miterläbe, wenn »die komische Mama wieder mal zu spät kommt«. Drum, liebi Mütter un au Schwiegermütter: Sage manchmol – au wenn's euch unheimlich weh dut – eifach »NEI!« un trete au mol kurzfristig in de Streik un ihr wäre sähne: euri kleini un au große Machos, Diktatore un Tyranne liebe euch immer noch, will sie genau wisse – ohni Mama geht's nit, un ohni Mama geht nix!

Hotel Mama

Zu dem Thema Mama git's natierlich ganz vieli Witzli! Hier isch ä kleini, scheeni Usswahl!

Mama un Tochter diskutiere ibber des Thema Männer un d' Tochter meint: »Mama, ich hätt jo wirklich mäh Vertraue in dinni Ratschläg, wenn der de Babba nit ghierode hättsch!«

Zwei Mütter drinke gmietlich ä Käffli mitenander un babble ä bissli ibber ihri Kinder. »Ich glaub faschd, ich erzieh minner Sohn z'streng!«

»Wie kummsch do druff?«

»Ha, im Kindergarde hänn sie ne geschdern gfrogt, wie er heißt, un dann het er gsait, sinner Name isch: »Lass-des-Klaus!«

D' Mama macht sich ä Gurkemask, un de kleine Sohn schaut ganz interessiert zu. Dann frogt er: »Mama, warum machsch du des eigentlich?«

»Ha, um scheener zu sinn, Arthur!«

Nachere Wili macht sie die Mask widder weg, un de kleine Arthur frogt: »Gibsch schun uff, Mama?«

Atemloses Schatzilein

Ich hab minne Ohre nit traut! Nachem Frühstück hab ich fünf Minute stoßglüftet, un plötzlich hab ich minner Nochber singe ghert: »Schatzilein, du musst nicht traurig sein …« Richtig scheen gsunge het er un debii fröhlich de Hof gfägt! Herrlich, odder? Ich hab spontan an ä Trainingskolleg im Fitnessstudio denke miän, der immer so scheen falsch die vermeintliche Hits uss SWR 3 mitpfifft, un natierlich an minner Brueder Heinz, de Metzgermeischder. Als ich noch in Kuhbach gwohnt hab, het der mich mit sinnere Singerei faschd in den Wahnsinn triebe! Bim Wurschdmache het er munter vor sich hii drällert, un ich hab verzweifelt versuecht russz'bikumme, was er eigentlich singt! Eimol het mich d' Frau Dold bsuecht, mir hänn gemeinsam ganz gspannt dem unheimliche Gsang uss de Wurschdkuchi glauscht un minni Frau het am End gsait: »Ich glaub, es isch ›Atemlos‹!«

Aber, liebe Leserinne un Leser! Ob schön, schräg, falsch, elegant – ganz egal: Singe macht glicklich! Lege Sie eifach mol los! Singe Sie, was des Zieg haltet – unter de Duschi, bim Koche, odder wie minner Nochber – bim Hoffege!

Un will nur lache noch glicklicher macht als singe, git's natierlich noch ä passendes Witzli! Viel Spaß!

Die klei Mia will eifach nit iischlofe. D' Mama isch schun ganz verzwiefelt un frogt ihre Mann: »Meinsch, ich soddere viellicht ebbis vorsinge?«

»Schatz, probier's zerschd nochmol im Guade!«

Bussi

D' Frau Dold kummt immer widder uff neui Idee! Jetzt hängt doch do am Mittwochmorge ä kleiner Zettel an minnem PC: »Bitte Papier entsorgen! Bussi!«

Wie kummt jetzt bigoschd min Schätzli uff des »Bussi«? Des kennt mer jo eher uss de Münchner Schickimicki-Szene, aber bi uns im Schwarzwald?

Ich hab des »Bussi« eigentlich schnell widder vergesse, des Papier – wie befohle – in d' griän Tonn gschmisse, do isch mer ä Heftli uffgfalle. Ä Fraueheftli!

Ich hab ä bissli in däre Illuschdrierte blättert, do lies ich doch uff Seite 15: »Wie Sie neuen Schwung in Ihre Beziehung bringen!«

Jetzt war de Hämme natierlich nimmi z'bremse ... Unter Punkt 1 isch doch wirklich gstande: »Schreiben Sie ihm Ihre Wünsche einfach mal auf einen kleinen Zettel und kleben Sie den dann an seinen PC. Und: Vergessen Sie auf gar keinen Fall eine kleine liebevolle Streicheleinheit, wie Kuss, Küsschen oder Bussi!« Aha ... doher weht der Wind!

Ich bin jo nit bleed un hab natierlich sofort reagiert! Will ich weiß, dass minni Frau friäher als ich vum Schaffe heimkummt un dann gern ä bissli uff de Couch vorem Fernseh »reläxt«, hab ich einfach ä kleiner Zettel an unser Fernseh bäbbt: »Liebes Mäuschen, bitte Bettwäsche wechseln! Bussi! Dein Hämme!« Un ich sag eich eins: Dank dänne viele »Bussis« isch so viehmäßig viel Schwung in unsere Beziehung kumme ... des haldsch faschd nimmi uss! Sagenhaft!

De Dädschmer-bittemann

D' Frau Dold geht wahnsinnig gern shoppe! In Lohr, in Freiburg, in Offeburg ... Momentan isch sie leider krank un shoppt halt online. Un bstellt natierlich au, wil: »Ich hab ibberhaupt nix mäh zum Anziäge!«

Un so klingelt faschd jede Morge unser freundliche Briefträger: »Hallo, Helmut! Wie immer: ä Päckli fir d' Frau Dold!«

Jetzt wird des Päckli natierlich glich uffgrisse un es folgt ä herrliches Schauspiel: Minni Frau probiert mit viel Schwung, begutachtet sich ganz lang im Spiegel, schaut dann mich stirnrunzelnd an un sait schwer enttäuscht: »Dädsch des bitte glich widder uff d' Post bringe?«

»Natierlich, Mäuschen!«

Un so bin ich halt Stammgaschd in de kleine, schnucklige Kuhbacher Postfiliale. Irgendwenn hab ich dänne nette Postdame gsait, dass ich de »Dädschmerbittemann« bin un sither wir ich au immer lachend mit dem scheene Titel begrüßt! Geschdern isch d' Dier uffgange, d' Chefin het glacht un gsait: »Herr Dold! Jetzt kummt noch so ä Dädschmerbittemann!«

Un ich bin mir sicher – mancher Dädschmerbittemann liest jetzt grad minni klein Gschicht in minnem Biächli! Sei herzlich gegrüßt, Kolleg! Es lebe die Liebe!

Auch zu dem Thema git's natierlich ä herrlicher Witz vunere Frau, die scheinbar »nix zum Anziäge« het!

De Breige Dieter kummt friäher vum Schaffe heim un sieht sinni Frau nur middem Hösli bekleidet durch d' Wohnung laufe. »Mensch, Frau! Warum laufsch au widder halber nackig im Huus rum?«

»Wil ich au ibberhaupt nix zum Anziäge hab!«

De Dieter lacht un macht de Schrank uff: »Nix zum Anziäge?« Des isch de Hammer! Do isch ä blaues Kleid, ä rotes Kleid, ä griänes Kleid ... hallo, Robert!«

Summerreife un de Herr Schätzle

Ich bin zum Reifewechsel in minnere Werkstatt gsii un hab, wie immer bi däre Sach, an ä luschdigi Gschicht denke miän. Vor einige Johre sollt ich am End vum Oktober ufferer Beerdigung in Waldau im Hochschwarzwald Trompet spiele. Uff de Fahrt het uns – d' Frau Dold isch au debii gsii – ä plötzlicher Winteriinbruch ibberrascht! Mit Summerreife! Mit Müh un Not hab ich vor de Kirch parkt un in de Sakristei uff de Pfarrer gwartet. Do ging die Dier uff un ä unglaublich großer, bärehafter Mann isch riikumme. Er isch inne hautenger schwarzer Anzug niizwängt gsii un uff de Bruschdtasch isch ä edler Schriftzug gstande: »Schätzle Bestattungen, Neustadt«.

De Schwarzwaldbär het mich angsproche: »Ghört dir der Audi mit de OG-Nummer?« Ich hab gnickt. »An solche Däg wär's uns liäber, ihr däte bi eich do unte bliebe! Will ... ihr könne alli nit richtig Auto fahre!«

Er het glacht, ich hab glacht un manchmol, wenn ich im Hochschwarzwald ä Ufftritt hab, hockt de kräftigste Bestatter vun de ganze Welt lachend im Publikum un ich sieh förmlich, wie de Herr Schätzle denkt: »Wahrschienlich het er widder Summerreife druff«, un: »Auto fahre kann er immer noch nit!«

Liebe Leserinne un Leser! Wenner de Herr Schätzle sähne, sage ihm bitte ä scheener Gruß vum Hämme!

Un zu dem Thema passt natierlich ä herrlicher Witz vum Hochschwarzwald!

Summerreife un de Herr Schätzle

Ä Urlauber kummt in de Nähi vum Feldberg ame Buurehof vorbei un sieht, wie de Buur mit sinnem Vadder mäiht. Er bliebt stehn un sait: »Sagenhafte Gegend hier!«

De alde Buur war schwerhörig un het sinner Sohn gfrogt: »Was het er gsait, de Luftschnapper?«

»Babba, er het gsait, dass es ihm bi uns im Schwarzwald guad gfallt!«

»Sagenhafte Luft hier!«

»Was het er jetzt gsait?«

»Die Luft bi uns am Feldberg dut ihm guad, Vadder!«

»Ach, vor dreißig Jahren habe ich hier schon Urlaub gemacht!«

»Was het er gsait, Bua?«

»Vor drißig Johr het er schun emol Urlaub bi uns im Schwarzwald gmocht!«

»Ach, und da hatte ich ein heißes Verhältnis mit der Bäuerin!«

»Was het er jetzt schun widder gsait?«

»Babba, er het gsait ... d' Mamme kennt er au!«

De Flirt

Am zweite Wihnochtsdag bin ich in de Kirch gsii. D' Frau Dold singt im Schuttertäler Kirchechor un die hänn wunderscheen ä Mozartmess gsunge, de Pfarrer war au in Spitzeform un bi »Zu Bethlehem geboren« isch so kräftig gsunge wore, dass des alde Gemäuer grad ä bissli gwackelt het.

Näbe mir in de Bank isch ä jungs Päärli ghockt middeme ganz kleine Kind. Un ihr wäre's nit glaube – des kleine Maidli het mit mir gflirtet! Het mich mit dänne ganz kleine Auge ganz genau beobachtet, un wenn ich middem Kopf gwackelt hab, het sie au ä bissli middem Köpfli gwackelt. Wenn de Chor gsunge het, het sie d' Auge ganz wit uffgrisse, ich hab middem Finger uff d' Orgel nuffdittet, un sie het's Köpfli ghobe un het au nuffgschaut. Un dann het sie mich widder angschaut! Un wie! Un glächelt het sie au! De Pfarrer het grad vum Friede gsproche un dann – un des isch minni Lieblingsstell im Gottesdienst – zum Friedensgruß uffgrufe. Ich hab zerschd dem junge Päärli de Friede gwünscht un dann natürlich ganz bsunders vorsichtig un zärtlich minnere kleine Verehrerin. Die het noch eimol kurz glacht un isch dann selig iigschlofe! Herrlich! Wenn doch nur alli Probleme in unsere komische Welt so schnell un friedlich glöst wäre! Un so wünsch ich eich jetzt au Friede, Gsundheit, Glück un ... dass er jede Dag wenigstens eimol so richtig herzhaft lache könne. Un wenner ibber ä Witzli vun mir lache, isch mer des natierlich die gröschd Freid! Un viellicht lache ner jo schun in wenige Sekunde?

De Flirt

D' Hetzinger Emma isch schun 91 un hockt ganz uffgregt im Bichtstuhl: »Herr Pfarrer! Ich hab ä junger Mann verführt un mir hänn zwei wunderbari Nümmerli mitenander gmocht!«

De Pfarrer het de Kopf gschiddelt: »Emma! Ich glaub der jo viel, aber des … des glaub ich der nit!«

»Jo, hesch jo rächt! Des isch jo schun ibber 70 Johr her, aber weisch – vun Zit zu Zit mueß ich's eifach widder mol bichte!«

De Nikolaus

Ich hab immer gern de Nikolaus gspielt. Bi Vereine, bi Firme – birer Damegymnastikgrupp hab ich sogar ä Zehnjahresvertrag ghet – un natierlich bi Familie. Un bi einer Familie isch mer ebbis ganz Luschdiges passiert: Ganz vieli Kinder sinn gspannt un nervös vor mir uffem große Sofa ghockt un ich hab mit tieferglegter Stimm vun ihre kleine un große Sünde berichtet, do het sich plötzlich ganz uffgregt ä kleins Maidli gmeldet: »Herr Nikolaus! Ich mueß der jetzt mol ebbis sage! Hit Morge im Kindergarde war de Nikolaus do. Un der het so gschwätzt wie unser Zahnarzt! Un hit Nochmiddag im Kinderturne war de Nikolaus au do ... un der het so gredet wie de Babba vun minnere beschd Freundin! Un jetzt bisch du do ... un du schwätzsch genauso wie de Dolde Helmut!«

Bi unserem Trauzeuge Werner Gisler war ich vor viele Johre bi allne drei Kinder im scheene Kinzigtal de Nikolaus. Un vun dänne hab ich ä wunderscheeni Mail bikumme: »Lieber Nikolaus, wir sitzen gerade bei uns im Wohnzimmer und schauen alte Bilder an. Einstimmig sind wir zu dem Entschluss gekomen: Du warst und bleibst für uns immer unser Lieblingsnikolaus!«

Wenn des kei wunderbares Kompliment isch, odder?

Zu dem Thema git's ä herrlicher Witz!

Imme Hochhuus in Lohr trifft de Nikolaus im Uffzug de Osterhas! Sie schaue sich ganz verdutzt an! Dann sait de Nikolaus: »Ich gib der ä guader Tipp! Lass dich um Himmels wille nit uff ä Diskussion mit de Frau Bühler ussem dritte Stock ii!«

’s Wiiflasche-liädli

Wenn ä Badner ä ganz normaler Geburtsdag het – 51, 62, 73 – dann kriägt er vun sinne Kumpels ä Fläschli Wii gschenkt. Wenn er aber ä Runder het – 50, 60, 70, 80, 90 – dann kriägt er so viel Wii, dass er in däre Woch grad ä Wiihandlung odder ä Wirtschaft uffmache könnt!

14 Dag später ischer dann sälber zume Geburtsdag iiglade, un am Nochmiddag frogt ne sinni Frau: »Du, Schatz! Was schenke mer eigentlich im Willi zum Geburtsdag?«

»Ha, de Willi kriägt grad ä Fläschli Wii!« Un dann geht er in de Keller un holt ä Fläschli Wii, wo er vor 14 Dag sälber gschenkt bikumme het, un schenkt's im Willi!

Un was mit sonere Wiiflasch dann passiere kann, hab ich imme scheene Liädli feschdghalte – viel Spaß mit minnem »Wiifflascheliädli«!

De Hubert kauft sich im Supermarkt
ä guads Fläschli Wii.
Am Etikett isch ä ganz kleiner Riss,
drum packter de Wii – zum halbe Preis dann ii.
Am Obe zum Veschper
soll des Fläschli schu dezue,
do klingelts ganz energisch an de Dier.
2 Männer vum Gsangverein –
de Schwoabebur un sinn Bua,
sammle fir d' Tombola an de Wihnochtsfiier.

's Wiiflasche-liädli

»Ha, Mensch! Dann nämme doch grad des Fläschli
do mit!«,
sait de Hubert ganz entspannt –
un als Nummer 118 kummt sinner Wii dann unter d' Lit,
un ghert schun ball im Feuerwehrkommandant.

Der het d' Woch druff ä Ehrung uffem Plan,
de Schneider Sepp isch 40 Johr debii.
»Ha, was schenkt mer jetzt au some alde Feuerwehr-
mann?
Ha, de Sepp kriägt grad des Fläschli Wii!«

De Schneider Sepp isch zume Geburtsdag iiglade,
sinni Nochberi wird 80 uff de Dag.
»Ha, so ä Fläschli Wii kann de Sophie bestimmt
nit schade!«
Un so ghert unser Fläschli jetzt de Sophie Haag!

Am nächschde Dag mueß d' Sophie ins Krankehus,
ihri Schwägeri steht kurz vorer OP.
D' Sophie iiberlegt: »Schenk ich jetzt de Rita ä
Bluemestruss?
A wa – so ä Fläschli Wii isch ä besseri Idee!«

Nach 14 Dag isch d' Rita widder fit,
sie strahlt un bedankt sich bim Dokter Bär.
»Herr Dokter! Nämme Sie bitte des Fläschli do mit!
Ich weiß nit, was ohne Sie wär!«

’s Wiiflasche-liädli

De Dokter fahrt am Obe zume Kongess
Nach Stuagert, ins Schwoabeland.
Wägem Gschenkli macht sich de Doc kei Stress,
er druckt im Gaschdgeber unser Fläschli Wii in d’ Hand!

Vun Stuargert kummt unser Fläschli dann
nach Bonn – un au in d’ Pfalz,
nach Paris, nach Köln, nach Lissabon –
un iibers Saarland kummt’s zu de Familie Schmalz.
’s Schmalze hänn Verwandschaft in Bade,
un die lade zur Hochzit ii.
»Ach! So ein Fläschchen Wein kann dem jungen
Glück bestimmt nicht schaden!«,
un so kummt unser Wii nach Altene an de Rhii!

Dert het dann die Trachtekapell
ä Konzert mit Tombola –
ihr glaube’s nit, aber ich verzehls eich schnell,
de Hubert war au do!
Er kauft ä Los – er gwinnt ä Wii,
de Hubert lasst ä Schrei!
Am Etikett isch ä ganz kleiner Riss –
un unser Liäd isch jetzt vorbei!

Vunere Wett,
vum Elvis,
vun Omas
un Nonne un …
vun Kuhbach!
Seelbach
Reichenbach
Kuhbach
Lahr
S • AU 0815

Vunere Wett, vum Elvis, vun Omas un Nonne un … vun Kuhbach!

Den ersten Witz in diesem Kapitel wollte ich eigentlich schon gleich in meinem ersten Buch bringen! Dann im zweiten und auch im dritten – aber irgendwie hat's nie geklappt?

Aber jetzt ist er fällig!

Ich möchte ihn dem leider schon verstorbenem Volksbankdirektor Manfred Basler widmen, der ein ganz großer Förderer meiner Laufbahn war – herzlichen Dank!

Ä älteri Frau kummt mit zwei Plastikguggle in d' Hauptgschäftsstell vun de Volksbank Lohr in d' Schillerstroß un sait zu däre junge Frau am Schalter: »Ich möcht gern des Geld do iizahle! Des sinn 500 000 Euro! Aber ich zahl die nur bim Manfred Basler persönlich ii!«

»Aber gnädigi Frau«, sait die Volksbankmitarbeiterin, »de Herr Basler, des isch unser Chef, de Chef vun de ganze Volksbank Lohr … der kummt natürlich nimmi sälber an de Schalter!«

»Ha, dann geh ich halt mit däre halbe Million zu de Sparkass!« Die jung Bankfrau isch ganz verzwiefelt, ruft dann aber im Vorzimmer vum Chef an un … fünf Minute später steht de Manfred Basler lächelnd an dem Schalter, die Dame zahlt au lächelnd des Geld ii un de Basler Manni sait: »Kumme Sie bitte mit nuff in min Büro! Uff des Gschäft drinke mer bigoschd grad ä Gläsli Sekt!« Sie stoße mit dem Sekt an un de Volksbankchef sait: »Derf ich mir erlaube zu froge, woher Sie des viele Geld eigentlich hänn?«

»Ha, natierlich, Herr Basler! Des hab ich bim Wette gwunne! Ich gwinn jedi Wett!«

»Ja, was däte Sie jetzt zum Beispiel mit mir wette?«

»Mit Ihne dät ich um die halb Million wette, dass Sie uffem rechte Arschbacke 's Volksbank-Lohr-Logo iintätowiert hänn!«

De Manni lacht: »Also gnädigi Frau! Ich mach jo viel fir minni Volksbank, aber ...! Schmisse Sie doch bitte Ihr Geld nit so zum Fenschder nuss!«

»Minni Wett steht!« De Manfred Basler schiddelt de Kopf, denkt aber dran, wie viele wohltätige Projekte er mit dem viele Geld unterstütze kann, un sait schließlich: »Sie hänn's nit andersch welle! Ich bin debii!«

Die Frau schlagt ii, sait aber: »Herr Basler! Bi de Höhe vun däre Summ wäre Sie Verständnis ho, dass ich minner Anwalt als Zeuge mitbring! Mir treffe uns morge am nieni do in Ihrem Büro!«

Am nächschde Morge steht die Frau mit ihrem Anwalt im Büro un sait: »Herr Basler! Die Wette gilt! Hos nunter! Unterhos nunter!«

Im Manfred Basler isch des natierlich peinlich, aber die ältere Dame schaut sich sinner Hintere ganz genau an, schiddelt kurz de Kopf un sait dann: »Ich kann nix sähne! Aber, Herr Basler! Sie könnte jo viellicht ebbis druffklebt ho ... derf i kurz griffe?«

Im Manfred Basler isch des gar nit rächt, aber er sait: »Griffe Sie halt!«

Die Frau langt ihm an 's Ärschli, do lasst ihr Anwalt ä viehmäßiger Schrei un haut sich zweimol de Kopf an d' Wand! De Manni Basler frogt: »Was isch denn mit Ihrem Anwalt los?«

»Ah! Mit dem hab ich um ä Million gwettet, dass ich hit Morge am nieni im große Volksbankdirektor Manfred Basler in sinnem Büro an de Arsch lang!«

Auch der nächste Witz sollte eigentlich schon lang in eines meiner Bücher! Er ist einer meiner absoluten Lieblingswitze! Kein badischer Witz, ein internationaler Weltklassewitz! Viel Spaß!

Die berühmte Hollywooddiva wird vume junge Reporter interviewt: »Gnädige Frau! Dass Sie viermal verheiratet sind, ist in Ihrer Branche natürlich nicht ungewöhnlich! Was mich aber sehr erstaunt, ist die Reihenfolge Ihrer Ehemänner! Zuerst haben Sie einen Multimillionär geheiratet, dann einen Entertainer, danach einen Priester und nun sind Sie schon seit zwei Jahren mit einem Bestattungsunternehmer verheiratet?«

Die Diva lacht, hebt d' Händ hoch un singt: »One for the money, two for the show, three to get ready and four to go …!

Fir alli Leser, wu nit Englisch könne, ibbersetz ich dänne Text vun dem berühmte Elvis-Presley-Liädli »Blue Suede Shoes« im übertragene Sinn natierlich gern: »De Erschd fir 's Geld, de Zweit fir d' Show, de Dritt, um ibber 's Läwe nochz'denke, de Viert, um anständig unter de Bode z'kumme!«

D' Oma isch mit ihre zwei Enkel im Karlsruher Zoo. Vor de Störch bliebt sie stehn un sait zu dänne zwei Buabe: »Un des sinn jetzt die Tiere, die eich euri Gschwischderli brocht hänn!«

De Achtjährige sait zu sinnem kleine Bruader: »Was meinsch, Felix! Sollemer d' Oma uffkläre odder doof sterbe losse?«

Vertraulich winkt Frau Löffler ihri attraktivi Nochberi an de Zaun un flüschdert: »Könnte Sie sich viellicht hit Nochmiddag widder mol ä Stündli oben ohne an de Swimmingpool lege, dass minner Mann endlich de Rase mäiht!«

Zum x-te Mol het Mama Furtwängler ihri Tochter schun ins Bett brocht, aber immer widder ruft des Kind: »Mama! Ich hab noch Hunger!«, odder: »Mama! Ich mueß mol!«

Mit ihrer Geduld am End steht die gstresst Mudder dann irgendwenn im Kinderzimmer un sait: »Wenn der jetzt noch eimol Mama rufsch, dann setzts ebbis!«

Fünf Minute isch Ruh … dann rufts ganz lies ussem Kinderzimmer: »Frau Furtwängler, kann ich bitte noch ebbis zum Drinke kriäge?«

Zwei Nonne kaufe im Supermarkt ii. Wu sie am Bierregal durchlaufe, sait eini: »Mensch! So ä Bierli wär's doch, odder?«

Die ander meint: »Des wär schun klasse, aber ... ich trau mich nit!«

»Lass mich nur mache!«

Später stehn sie an de Kass, un der junge Verkäufer stutzt schun ä bissli, wu er des kleine Bierkischdli sieht. Do sait die Nonn: »Des nämme mer im Kloster immer zum Hoorwäsche, als Ergänzung zum Shampoo!«

De Kassemann lacht, langt hinter sich, holt ä Päckli Salzstängeli un sait: »Un die Lockewickler gänn uffs Huus!«

De Enkel frogt de Opa: »Du, Opa! Wie isch des eigentlich im Alter? Wird er dann länger odder kürzer?«
De Opa lacht, ibberlegt ä bissli un sait dann: »Beides, Jonas! Er isch dann länger kurz!«

De Patient sait nach de Behandlung zu sinnem Dokter: »Ich hab des super gfunde, wie einfühlsam un wirkungsvoll Sie minni Spielsucht therapiert hänn! Un jetzt zu Ihrem Honorar, Herr Professor!« Dann holt er ä Münz uss sinnere Tasch. »Kopf – un ich bezahl des Doppelte! Zahl – un die Behandlung war umesunschd!«

Im Modelade. »Die längsgestreifte Bluse macht Sie sehr schlank, gnädige Frau! Meine Kollegin trägt die heute auch!«

»Ach? Wo isch denn ihri Kollegin?«

»Da hinten, gnädige Frau! Die kleine Dicke!«

D' Burger Helga händelt mit ihrem Klaus: »Rum jetzt endlich mol dinner Kleiderschrank uff!«

Zehn Minute später steht er middere große Guggel in de Hand do un sait: »Ich hab nur eini Tüt mit alde Klamotte! Die spend ich!«

»Wem?«

»Also Helga! Es git vieli armi, hungerndi Mensche, wu sich sicher ibber minni alde Sache freie!«

D' Helga grinst un meint: »Schatz! Wer in dinni Kleider passt … hungert nit!«

De Feuerwehrkommandant rettet ä alti Frau usseme brennende Huus. Wu sie endlich uff de Leiter stehn, macht er dem ängstliche Frauli noch ä bissli Muet: »Auf geht's, Mamme! Noch eimol Zähn zsämmebisse un jo nit nach unte schaue!«

Do sait des alde Miäderli ganz bestürzt: »Oh je! Dann miämmer nochmol nii! D' Zähn liege im Badzimmer!«

D' flott Gerlind liegt mit ihrem Liebhaber im Bett. Un des isch de beschde Freund vun ihrem Max! Do klingelt plötzlich 's Telefon: »Hallo! Oh, scheen, dass der anrufsch! ... Wirklich? Ha, des isch jo super! Also ... Viel Spaß! Sag ihm ä Gruß! Tschüss!«

De Liebhaber frogt: »Wer war denn des?«

»Ah, des war de Max! Minner Mann het mer grad verzehlt, dass er mit dir bim Angle isch!«

De Löffler Ferdi wird schwer verletzt ins Krankehus iigliefert. D' Krankeschweschder nimmt sinni Date uff un frogt: »Sinn Sie verhierade, Herr Löffler?«
»Ja, aber die Verletzunge stamme vum Unfall!«

Den nächsten Witz möchte ich meinem »Lieblingsonkel« Albi Maier widmen, dem großen Schwarzwaldmaler.

Ä Künstler frogt sinner Galerist, ob sich ebber fir sinni Gemälde interessiert het. Der sait: »Ich habe eine gute und eine schlechte Nachricht für Sie! Die gute ist, dass sich gestern ein Herr nach Ihren Bildern erkundigt hat. Er fragte mich, ob die Bilder nach Ihrem Tod im Wert steigen würden. Als ich dies bejahte, hat er alle 15 Bilder auf einen Schlag gekauft!«

»Ha, des isch doch super!«, het de Künstler gsait, »was isch jetzt die schlecht Nochricht?«

»Der Herr war Ihr Hausarzt!«

Vorem Gricht.

Richter: »Ihr Name?«

Zeugin: »Maria Himmelsbach.«

Richter: »Ihr Beruf?«

Zeugin: »Hausfrau.«

Richter: »Ihr Alter?«

Zeugin: »29 Johr un ... äh ... ä paar Monate!«

Richter (schmunzelnd): »Hm, wie viele Monate, Frau Himmelsbach?«

Zeugin (flüschdernd): »Hundertachtedridssig!«

Sie: »Gwöhn der bitte endlich ab, immer zu sage: min Auto, minner Fernseh, min Geld ... un ... was suesch ibberhaupt schun widder im Bad?«

»Unser Rasierapparat, Mäuschen!«

In de Wirtschaft hängt ä Schild ibberm Trese: »Wenn Sie trinken, um zu vergessen, bitte gleich bezahlen!«

De Enkel frogt d' Oma: »Du, Oma! Was isch eigentlich ä Liebhaber?«
D' Oma verschrickt furchtbar, lasst ä Schrei un murmelt verzwiefelt: »Um Himmels wille!«, rennt uff de Speicher nuff ... risst ä Schrankdier uff ... fliegt ere ä Skelett entgege!

De Kammerer Willi hockt am Stammtisch un philosophiert ä bissli: »Wenn ebber ä Schrub locker het, kann des au an de Mudder liege!«

Ä Ehepaar uss Schuttertal kriägt vun de Familie zu de goldene Hochzit eini Woch Urlaub in Berchtesgade gschenkt. Am Zischdig ruft die »Braut« deheim an: »Also! Herzlichen Dank fir des wunderbare Gschenk! Berchtesgade isch wunderscheen! Un unser Hotel ... wahnsinnig! Un unser Zimmer ... einzigartig! Un unser Bad ... de absolute Traum! Schad, dass noch nit Samschdig isch!«

Diesen Witz muss man vielleicht den jüngeren Lesern erklären! Früher hat man im Badnerland immer nur am Samstag gebadet! Und wenn ich in meiner Jugend mal erkältet war – was zum Glück sehr selten vorkam –, sagte mein Vater Fridolin immer: »Des kummt nur vun däre bleede Duscherei jede Dag!«

Im Schwarzwald bäddet ä Knecht: »Lieber Herrgott! Sorg doch bitte defir, dass ich in de ditsche Fernsehlotterie de Hauptpreis gwinn!« Un des macht er johrelong! Eines Dages bäddet er widder, do kummt plötzlich Rauch un Näbel in sinni Kammer un ä ganz tiefe Stimm sait: »Alfred, gib mer ä Chance! Kauf einmol ä Los!«

»Du, het de Sepp jetzt eigentlich 's Drinke uffgänn?« »Ha … er schwankt noch!«

Was wär eigentlich bassiert, wenn die Heiligi Drei Könige Heiligi Drei Königinne gsii wäre? Sie hätte eifach nachem Weg gfrogt, wäre pünktlich kumme, hätte bi de Geburt gholfe, hätte de Stall sufer gmocht, hätte nützlichi Gschenkli mitbrocht un ebbis zum Esse. Aber! Was hätte sie nach de Abreis gsait? »Hänn ihr die Sandale gsähne, wu d' Maria unter däre Tunika trage het? Mer sait … de Josef sei arbeitslos un … säller Esel isch au ziemlich am End! Un de Kleine … ha, der sieht jo im Josef ibberhaupt nit ähnlich un … ich mecht nur wisse, wemmer die Schissel widderkriäge, wu die Lasagne drinne war, die mer dänne zum Veschpere mitbrocht hänn!«

Der letzte Witz dieses Kapitels gehört auch zu meinen Lieblingswitzen und sollte natürlich längst in einem Buch sein, aber … jetzt kommt er! Viel Spaß!

Nachere große, internationale Managertagung bliebe drei Männer an der Bar hänge – ä Amerikaner, ä Franzos un ä Ditscher. Un wie's halt so isch mit Männer an de Bar – mit jedem Schluck wäre sie luschdiger, uffgedrehter un … sie könne zum Angeber wäre!

Un so het de Amerikaner halt gsait: »Well … in Amerika, ich habe große Ranch … und ich habe Pferde … und meine Ranch ist so groß, wenn ich reite mit meine Pferde … ich brauche einen Monat, bis ich rumgeritten bin … so groß ist meine Ranch!«

De Franzos het ä bissli gschluckt, aber dann schnell gsait: »Ah, oui … isch habe in der Nähe von Paris ein Landgut … un isch jogge, isch mache Waldlauf … und mein Landgut ist so groß … wenn ich jogge, isch brauche une semaine … eine Woche, bis ich rumgejoggt bin … so groß ist mein Landgut!«

De Ditsche isch ganz entspannt un locker bliebe un het gsait: »Ich bin vun Lohr! Un ich möcht nit vieli Worte mache, aber … min männlichschdes Körperteil misst glatti 30 Zentimeter!«

De Amerikaner het schwer gschluckt, un de Franzos isch grad ä bissli zsämmegsackt! Dann het de Ami gsait: »Well … ich habe leicht übertrieben … a little bit! Meine Ranch ist sehr, sehr groß, aber … wenn ich ehrlich bin … wenn meine Pferde sind gut in Form, ich brauche keinen Monat, bis ich rumgeritten bin … ich brauche … zwei Tage!«

De Franzos het schnell nochmol ä Schlückli gnumme un het dann gsait: »Ah oui … isch habe seulement un petit peu … ein kleines bißchen … aussi … übertrieben! Isch habe großes Landgut in der Nähe von Paris und isch mache Waldlauf, aber … wenn isch bin gut in Form … isch brauche nicht une semaine … eine Woche, bis ich rumgejoggt bin … isch brauche deux heures … zwei Stunden!«

Un beidi hänn hilfesuchend dänne Lohrer angschaut! Un der het dann endlich gsait: »Ich gib's zue ... ich hab au ä bissli ibertriebe! Ich bin nit vun Lohr! Ich bin vun Kuhbach.*

** Für alle ortsunkundigen Leser: Kuhbach ist ein ganz kleiner Stadtteil von Lahr*

Im Hämme sinni Beschde!

Oft werde ich nach Auftritten gefragt: »Hämme, was isch eigentlich dinner Lieblingswitz?«

Ich antworte dann immer: »Für uns Witzeerzähler ist immer der neueste Witz der Lieblingswitz!«

Und das stimmt auch, weil: hat man einen neuen Witz, kann man es kaum erwarten, den zum ersten Mal zu erzählen. Man ist sehr gespannt: Kommt er an? Ist er eine Bombe? Oder eher nur »na ja«? Während ich an diesem Kapitel arbeitete, schenkte mir ein Freund einen wunderbaren neuen Witz!

Und der ist so gut ... der muss natürlich sofort in mein Buch!

Ä Badner hockt gmietlich uffeme Bänkli uffem Schauinsland, do sitzt uff eimol de Gott näbe ihm! De Badner verneigt sich mit Ehrfurcht un sait: »Lieber Gott! Was machsch denn du bi uns im scheene Badnerland?«

De Gott lacht un sait: »Homeoffice, mein Sohn! Homeoffice!«

Aber es gibt natürlich einige Witze, die über die Jahre zu meinen absoluten Lieblingswitzen geworden sind, auch weil sie mir bei ganz vielen Auftritten sehr geholfen haben.

Mein »wichtigster« Witz ist der »Zimmermann-Walter-Witz«.

Oft habe ich Auftritte, bei denen viele Gäste im Publikum sitzen, die meinen alemannischen Dialekt nicht oder nur ganz wenig verstehen. Und in diesem genialen Witz werden gleich drei Briefe vorgelesen ... natürlich in Hochdeutsch – jeder versteht ihn, verfolgt mit Spannung die herrliche Geschichte und kann dann die wunderbare Pointe genießen!

De Zimmermann Walter kummt uss Schweighuuse, des isch ä kleines Bergdorf ganz hinte im scheene Schutterdal. Un de Walter isch de einizige Matros gsii, den Schweighuuse jemols ghet het! Un de Walter war immer uff irgendeinem unserer Weltmeere unterwegs, un sinni Frau ... d' Angelika, ä stattlichi, sehr attraktivi Frau – zu so einere sait mer bi uns im Dal »ä Feger«, war immer allei deheim! Un jedem im Dal war klar: des kann nit guad gehn!

Eines Dages het de Zimmermann Walter dann vun sinnere Angelika folgender Brief bikumme: »Lieber Walter! Du kannst dich stolz Vater eines kräftigen Jungen nennen. Deinem Kleinen geht es sehr gut. Leider kann ich ihn nicht selbst stillen und musste mir eine Amme nehmen. Die ist halt aus Afrika, und so hat unser Kind durch die Milch die schwarze Hautfarbe angenommen! Aber das macht doch nichts, oder? Mit lieben Grüßen, Deine Angelika.«

De Walter het sofort sinnere Muader gschriebe: »Liebe Mama! Du bist jetzt Oma! Meine Angelika hat einen strammen Sohn zur Welt gebracht. Leider kann sie nicht stillen, hat eine afrikanische Amme besorgt und so ist dein Enkelkind halt schwarz. Aber das macht doch nichts, oder? Dein glücklicher Sohn und Vater, Walter.«

Im Walter sinni Mutter het dann ihrem Sohn folgender Brief gschriebe: »Lieber Walter! Mir ist es nach deiner Geburt genauso ergangen wir deiner Angelika. Auch ich konnte nicht stillen. Da wir jedoch kein Geld für eine Amme hatten, waren wir auf Kuhmilch angewiesen. Bitte mach mir keinen Vorwurf, dass du darum ein Riesenrindvieh geworden bist! Mit herzlichem Gruß, Deine Mama.«

Auch in meinem »zweitwichtigsten« Witz kommt ein Brief vor. Viel Spaß mit dem »Mario-Witz«.

De Mario isch bi de Bundeswehr gsii un het folgender Brief bikumme: »Lieber Mario! Ich kann unsere Beziehung so nicht weiterführen, die Entfernung, die zwischen uns liegt, ist einfach zu groß. Ich muss auch zugeben, dass ich dich schon viermal betrogen habe, seit du bei der Bundeswehr bist, und das ist für keinen von uns in Ordnung. Sorry. Bitte schick mir mein Bild zurück, das ich dir gegeben habe. Gruß, Michaela!«

De Mario war natierlich schwer verletzt, isch aber glich zu sinne Kamerade gange un het sämtlichi Bilder vun ihre Freundinne, Schwestere, Cousine un Tantene iigsammelt un zsämme mit dem Bild vun de Michaela in ä Umschlag gsteckt. 67 Bilder sinn's gsii! Un folgender Brief het de Mario dezueglegt: »Liebe Michaela, ich weiß leider nicht mehr, wer du bist. Bitte such dein Bild raus und schick mir den Rest zurück! Servus, Mario.«

Im Hämme sinni Beschde!

Mein nächster Lieblingswitz ist der »Gräbli-Witz«. Oft muss ich für die »hochdeutschen Gäste« natürlich zuerst einmal klären, was ein »Gräbli« ist. Da helfen mir dann natürlich Badner aus dem Publikum und es wird schon herzhaft gelacht, bevor der Witz eigentlich losgeht! Dann frage ich noch: »Hämmer eigentlich Opas im Publikum? Bitte kurz Hand hoch! Un Omas?« Dann suche ich mir ein Paar aus und frage: »Stimmt es wirklich, dass es des Scheendschde fir ä Oma un ä Opa isch, wenn's Enkeli im Gräbli liegt?« Nun kommen zum Teil Antworten ... herrlich! Das ist mit das Schönste an meinem Beruf!

Und nun natürlich viel Spaß mit dem »Gräbli-Witz«.

's Enkelkind isch im Gräbli gläge un d' Oma un de Opa hänn noch ä bissli mit dem Kindli babbelt. Dann het d' Oma gsait: »So, Schatzeli! Du kriägsch jetzt noch ä Küssli vum Opa un dann ä Küssli vun de Oma un dann mache mer 's Licht uss un schlofe un hoffe, dass uns de Herrgott widder weckt, un dann mache mir uns morge genauso ä scheener Dag wie hit!«

Also guad! De Opa het des Wuseli küsst, d' Oma het 's Enkeli küsst, Licht uss! Do het des Kind protestiert: »Moment emol, Oma! Du hesch jo de Opa gar nit küsst!« Also hänn sie 's Licht widder angmacht un d' Oma het dänne Opa küsst! Un der het denkt: »Mensch, hit küsst sie aber raffiniert! Do isch viellicht sogar noch ebbis z'hole!«

Ä Viertelstund het er gwartet, dann isch sinni Hand ganz zärtlich zum rechte Schenkel vun de

Oma. Die het gsait: »Hör doch uff, du alder Simbel! Des Enkelkind schloft doch noch nit! Geh in d' Kuchi un drink ä Fläschli Bier!«

De Opa isch in d' Kuchi, het ä Pils ussem Kühlschrank gholt, noch gmietlich d' Zitung dezue gläse un isch widder ins Schlofzimmer. Zwanzig Minute het er gwartet, dann isch die Hand noch zärtlicher als vorher zum Schenkel vun de Oma. »Hör doch uff, Mann! Des Kind schloft doch immer noch nit! Geh in d' Kuchi un drink nochmol ä Fläschli Bier!«

In de Kuchi macht de Opa de Kühlschrank uff un sieht, dass kei Bier mäh drin isch, nur noch ä Fläschli Sekt! Er denkt: »Bevor ich mir jetzt noch ä Bier ussem Keller hol, mach ich liäber dänne Sekt uff! Mir könne jo morge zum Frühstück de Reschd vun dem Fläschli gemeinsam drinke!«

Wu de Opa die Sektflasch uffmacht, git's ä Knaller! Dänne hets 's Enkelkind im Schlofzimer ghört. Des Wuseli het d' Oma angstupft un het gsait: »Siehsch, Oma! Hättsch de Opa dranglasst! Jetzt het er sich verschosse!«

Manchmal habe ich Auftritte, bei denen ich relativ schnell merke: »Oh! Hit isches wahrschiens besser, wenn der mäh Trompet spielsch, dinni Liäder singsch un Gedichte vortragsch, will ... des isch jetzt nit unbedingt des Publikum fir Witzli!« Wenn ich dann trotzdem einen Witz erzähle, entscheide ich mich meistens für dieses wunderbare Glanzstück:

Im Hämme sinni Beschde!

Managerseminar in Freiburg. Manager uss de ganze Welt sinn kumme. De Coach spricht: »Das Wichtigste für einen modernen Manager ist die Allgemeinbildung! Darum machen wir nun einen kleinen Test. Ich lese Anfänge von Gedichten und Zitaten vor, Sie sagen mir, wer hat das geschrieben, in welchem Jahr und wie heißt das Gedicht.«

In de ledschde Reih hockt ä Manager uss Lenzkirch un murmelt vor sich hii: »Des wird nit guad fir mich!«

De Coach legt sofort los: »Erste Frage: ›Vom Eise befreit sind Strom und Bäche.‹« In de erschde Reih sitzt ä kleiner Japaner un der springt uff un briält: »Johann Wolfgang von Goethe, Osterspaziergang, 1806!« Un de Trainer sait: »Fantastisch!« De Lenzkircher bruddelt vor: »Der macht mich ganz nervös, der Japaner!«

»Zweite Frage ... viel einfacher. Alle dürfen wieder mitmachen, auch der Herr in der letzten Reihe! ›Der Mond ist aufgegangen, die goldnen Sternlein prangen.‹«

De Japaner springt widder hoch: »Matthias Claudius, Abendlied, 1799!« De Lenzkircher dreht faschd durch: »Der macht mich noch wahnsinnig, der Japaner!« Un de Coach lobt ganz begeischdert dänne Mann uss Asie: »Ganz hervorragend, junger Mann!«

Dann sait er: »Und nun die letzte Frage, ganz einfach! Vielleicht das Richtige für den Mann in der letzten Reihe mit den Zwischenrufen? Strengen Sie sich an! ›Fest gemauert in der Erden ... ‹« De Japaner hopst sofort hoch: »Friedrich Schiller, Das Lied von der Glocke, 1799!« Un de Lenzkircher verliert völlig d' Fassung un briält vor: »Scheiß Japaner!« – De Japaner springt widder uff un briält: »Max Grundig, Cebit Hannover, 1982!«

Viele meiner Lieblingswitze sind ziemlich frech! Manchmal etwas deftig, derb und sogar ein bisschen frivol. Oft spielt das Thema Sex eine große Rolle. Aber – und da bin ich mir hundertprozentig sicher: sie gehen nie unter die Gürtellinie und sie sind auf gar keinen Fall frauenfeindlich! Dafür verehre ich die Frauen viel zu sehr! Also! Viel Spaß mit »Hämme's Hämmern«!

Ä älderer Herr kummt in ä Zugabteil. Do hockt ä jungi Mudder mit ihrem Säugling uffem Arm. Der Mann nickt un sait freundlich: »Guade Dag!« Er nimmt Platz, holt uss sinnem Anzug ä Zigarr russ, zündet dänne Stumpe an un raucht ganz gmietlich. Die jung Mudder schaut sich des so zwei Minute an un sait dann: »Entschuldigen Sie bitte, dass ich Sie auf zwei Dinge hinweise, gnädiger Herr! Aber erstens ist das kein Raucherabteil und zweitens tut das meinem Kleinen nicht gut!«

Der äldere Herr entschuldigt sich sofort, macht die Zigarr uss, 's Fenschder nunter un schmisst dänne Stumpe nuss. Do fangt plötzlich des Kind an z'briäle. Die jung Mudder knöpft ihri Blus uff un gibt dem Baby die Bruschd. Der äldere Herr schaut sich des au so zwei Minute an un sait dann: »Entschuldige Sie bitte, gnädige Frau, dass ich Sie au uff zwei Dinge hinweise! Aber erschdens isch des kei Speisewage un zweitens ... dut des minnem Kleine au nit guad!«

Ä junger Mann kummt mit hochrotem Kopf in d' Apothek un sait zum Apotheker: »Ich bin hit Obe bi minnere Freundin ihre Eltere zum Esse iiglade un derf dann 's erschde Mol dert iibernochte. Ich hätt gern ä ganz tolls Kondom!«

De Apotheker lacht un freut sich viehmäßig, dass er dem junge Kerli helfe kann, beratet ihn dann ussführlich un sie verabschiede sich middeme herzliche Handschlag. Fünf Minute später steht der junge Mann widder do: »Ich hab noch ä Bitte! Die Mutter vun minnere Freundin ... die schaut mich immer so interessiert an. Ich glaub, ich nimm zur Sicherheit noch ä zweites Kondom mit!«

De Apotheker lacht, holt ihm noch ä zweites Kondom un verabschiedet sich middeme Zwinkere uneme ganz feschde Händedruck: »Viel Spaß hit Obe!«

Am Obe sitzt der junge Kerli am Tisch un hebt sich ständig de Teller vor 's Gsicht. Sinni Freundin sait: »Wenn ich gwisst hätt, dass du so schlechti Tischmaniere hesch, hätt ich dich nit zu minne Eltere iiglade!«

Un er sait ganz deprimiert: »Un wenn ich gwisst hätt, dass dinner Vadder Apotheker isch, wär ich au gar nit kumme!«

Ä Liebespäärli isch midde im Liebesspiel, do ruft sie plötzlich entsetzt: »Schatz, um Himmels wille! Hops schnell ussem Fenschder nuss! Minner Mann kummt heim ... ä Katastroph!«

Nackig steht er dann vor dem Schlofzimmerfenschder. Es rägent viehmäßig, un es isch furchtbar kalt. Do kummt plötzlich ä Jogger ums Eck, un der Mann denkt: »Mensch! Mit dem lauf ich jetzt grad ä Stickli mit. Des gibt mer warm!«

Die beide laufe ä paar Minute näbenander her, do sait der Jogger: »Sage Sie emol! Jogge Sie eigentlich immer nackig?«

»Ich jogg immer nackig!«

»Un immer mit Kondom?«

»Nei! Nur wenn's rägent!«

Ä Ehepaar isch am Morge wie immer im Bad gsii. Plötzlich sait d' Frau: »Mann, siehsch des eigentlich nit? Die Flies isch doch kaputt! Do ghert ä neii Flies hii!« De Mann het gsait: »Bin ich Fliesenleger, odder was?«, un isch schaffe gange.

Am nächschde Morge het sie gsait: »Mann, die Klospülung funktioniert nimmi richtig!« Er het nur gmeint: »Bin ich Klempner, odder was?«, un isch widder schaffe gange. Am dritte Morge het sie gjammert: »Mann, des Badzimmerfenschder het ä Riss, do muas doch ä neues Fenschder her!« Er: »Bin ich Glaser, odder was?«, un isch halt widder schaffe gange. Wu er am Obe heimkummt, staunt er: D' Klospülung funktioniert widder, 's Bad isch gfliest, 's Badfenschder isch au neu.

»Ja, sag emol, Frau, wer het denn des alles gmocht?«

»Ha, unser neuer Nochber!«

»Ja, un was het er welle defiir?«

»Er het gsait, ich soll ihm entweder ä Kueche backe odder mit ihm ä halbi Stund ins Bett!«

»Ja, was fir ä Kueche hesch ihm backe?«

»Bin ich Bäcker, odder was?«

De Pfarre isch 85 wore, un de Burgermeischder het ne gfrogt: »Was solle mer dir zum Geburtsdag schenke?«

»Ach, ich bruch doch nix mäh! Nur ein Wunsch hab ich: Ich möcht, dass 's ganze Dorf am Sunndig in de Kirch isch. Alli Verein! Groß un klei! Un dann geh ich uff d' Kanzel nuff un sag eich, was ich mir wünsch!«

Die Kirch war grammelt voll un de alde Pfarrer het vun de Kanzel runtergsproche: »Liebe Gemeinde! 85 bin ich hit un ihr froge mich, was ich will. Ich will eins: Solang ich läb, will ich niä mäh bi de Bichti höre miän: ›Ich bin fremdgegangen!‹ Da des aber bi uns leider in de Gemeinde vorkummt, will ich, dass wenn einer odder eini des bichte muass, ab sofort sait: ›Ich bin obe am Friedhof ussgrutscht!‹«

Die ganz Kirch het glacht! Aber es het sich schnell iingebürgert. Wenn einer des bichte het miän, ischer halt obe am Friedhof ussgrutscht! Mit 97 isch de Pfarrer in de Himmel kumme un ä ganz junger Mann isch sinner Nachfolger wore. De Burgermeischder het gsait: »Ich will de neue Pfarrer in de Gemeinderatsitzung sähne. Ich will wisse, ob's ihm bi uns gfallt!«

Un de Pfarrer isch natierlich kumme un het berichtet: »Tolle Gemeinde, toller Organist, wunderbarer Kirchenchor – alles hervorragend! Ich habe nur ein Problem: am Friedhof oben stimmt was nicht! Ständig rutschen Leute aus!«

De ganze Gemeinderat het viehmäßig glacht, am ludschde de Burgermeischder. Dann het de Pfarrer gsait: »Herr Bürgermeister, Sie müssen gar nicht lachen! Ihre Gemahlin hat es erst am Wochenende wieder zweimal am Friedhof oben erwischt!«

De Krämer Hubert isch ä leidenschaftlicher Musiker un ständig unterwegs. Un so isch halt sinni Gisela mit ihrem kleine Sohn Stefan allei nach Basel in den Zoo gfahre. Vor de Elefante sinn sie stehnbliebe un de Stefan het ganz fasziniert so ä alder Elefant angschaut un plötzlich gfrogt:

Im Hämme sinni Beschde!

»Mama! Was isch des do?«

»Meinsch du de Rüssel, Stefan?«

»Nei, Mama! Des, was do vum Buch in Richtung Bode hängt!«

»Oh je!«, het d' Mama denkt. Wie soll ich jetzt des dem kleine Bua am beschde erkläre? »Ach weisch, Stefan! Des isch nix!«

Aber de Stefan war mit däre Antwort ibberhaupt nit z'friede un het gar nimmi vun dem Elefant wegwelle. Am Obe het sie ihrem Hubert de Roschd runtergmacht!

»Es isch au dinner Sohn! Un am nächschde Wocheend gehsch du mit dinnem Bua in den Zoo! Un ich kann der au sage, was er macht! Er steht dann vor some alde Elefant un frogt dich komischi Sache!«

Also guad! Am Samschdig isch de Krämer Hubert mit sinnem Stefan nach Basel in de Zoo un des Kind het de Vadder direkt zu de Elefante zoge. Ganz uffgregt het er gfrogt: »Babba! Was isch des do bi dem Elefant?«

»Ja, meinsch du de Rüssel?«

»Nei, Babba! Des, was do runterhängt!«

»Ha, des isch eifach z'erkläre! Des isch des Geschlechtsteil vun dem Tier. Mer sait au Penis dezue!«

»Jetzt bin ich grad froh, Babba! D' Mama het nämlich gsait, des isch nix!«

Do het de Krämer Hubert gschmunzelt un sinner Sohn in de Arm gnumme: »Weisch, Bua! Dinni Mama … isch halt au arg verwöhnt!«

Im Hämme sinni Beschde!

De Gutmann Meinrad kummt in d' Apothek. Der Apotheker freut sich so richtig un sait: »Mensch, Herr Gutmann! Ha, Sie hab ich jo schun ewig nimmi gsähne! Wie geht's ne? Un ... Herr Gutmann, unter uns: Wie ald sinn Sie jetzt eigentlich?«

De Meinrad lacht un sait: »Ha, mir geht's spitzemäßig! Ich bin 94, un nächschd Woch hab ich Hochzit!«

»Des git's jo nit! Un ... unter uns, Herr Gutmann, wie ald isch Ihri Braut?«

»Ha, die isch 96! Un, Herr Apotheker! Ä Frog! Hänn Sie ä Rollator do?«

»Ha, klar!«

»Hänn Sie Stützstrümpf?«

»Natierlich, Herr Gutmann!«

»Windle?«

»Klar doch, Herr Gutmann!«

»Un ... unter uns: Viagra?«

»Herr Gutmann! Selbstverständlich! Soll ich Ihne des alles iipacke?«

»Nei, nei! Mir mache dann de Hochzitsdisch bi Ihne!«

Im Hämme sinni Beschde!

D' Anita isch unglücklich. Mit ihrem Manfred lauft's eifach nimmi so rächt. Do liest sie imme Fraueheftli: »Ihr Mann ist immer müde und lustlos? Ergreifen Sie die Initiative! Zauberwort: Dessous!«

Sie fahrt sofort nach Freiburg in de Unterwäschelade »Barbara« un die freundliche Fachverkäuferin sait: »Ich sag Ihne, Gelb isch in däre Saison de absolute Renner!«

D' Anita het noch niä im Läwe gäli Unterwäsche ghet, aber ... wenn's ebbis hilft?

Sie kauft ä wunderbares gäles Hösli, de passende gäle BH dezue un fahrt ganz z'friede widder heim. Sie schaut uff d' Uhr. »Oh, zehn vor fünfi! Des passt super! Am fünfi kummt de Manni vum Schaffe!« Sie ziägt die neu Unterwäsch an un legt sich uffs Sofa. De Manfred kummt rii, sieht sinni Frau in däre gäle Unterwäsch, drillt sich rumm un geht sofort widder nuss! Nach drei Minute steht er widder do.

D' Anita frogt: »Sag emol, Mann! Was war jetzt des?«

»Ha, weisch! Wu ich dich do uffem Sofa gsähne hab, isch mer plötzlich kumme – de gäle Sack mueß jo noch nuss!«

Im Hämme sinni Beschde!

De Hans war Versicherungsmann un het ä Familie im Dorf angrufe. Ä ganz leisi Stimm het sich am Telefon gmeldet: »Hallo?«

De Hans het gsait: »Hier isch de Huber Hans vun de Versicherung. Mit wem spreche ich?«

Ganz leise isch ussem Hörer kumme: »Middem Fritz!«

»Hallo Fritz! Kann ich de Babba odder d' Mama spreche?«

»Des geht nit. Die sin im Schlofzimmer.«

»Also guad, Fritzli! Ich ruf innere halbe Stund widder an.«

Ä halbi Stund später – 's gliche Spiel. Ganz leise: »Hallo?«

»Hallo, Fritz! Ich bin's widder, de Huber Hans vun de Versicherung. Sin d' Eltere noch im Schlofzimmer?«

»Nei! Jetzt sin sie im Bad!«

De Hans sait: »Weisch was, Fritz! Ich ruf innere Viertelstund widder an!«

15 Minute später: »Hallo?«

»Fritzli! Ich bin's widder, de Huber Hans. Kann ich jetzt dinni Eltere spreche?«

Ganz leise: »Nei! Jetzt sin sie im Keller!«

De Hans het de Kopf gschiddelt un gsait: »Ja, sag emol, zerschd sin sie ä halbi Stund im Schlofzimmer, dann ä Viertelstund im Bad, jetzt im Keller? Was mache die eigentlich?«

Ganz leise: »Die suche mich!«

Nach de Goldene Hochzit liege sie so richtig glücklich im Bett nebenander un hebe sich noch ä bissli. Uff eimol frogt sie: »Liebling! Hesch du mich in dänne 50 Johr eigentlich schun mol betroge?«

Er seufzt tief: »Ich bin ehrlich, Schatz. Dreimol!«

Sie schnuuft schwer un frogt: »Ja, mit wem alles?«

»Ha, eimol mit de Bedienung vun de Sunne, dann noch mit Nochbers Hilde un eimol noch mit de Waltraud!«

Sie lacht un sait: »Des sei der alles verziehe! Ich hab dich nämlich au dreimol betroge: zerschd, wu mer de Kredit fir 's Hiesli brucht hänn, middem Direkter vun de Bank. Un dann, wu du die schwer Herzoperation ghet hesch, middem Herzchirurg! Un dann noch, wu der unbedingt Vorstand vum Fußballverein wäre hesch welle un 's hänn der halt noch 17 Stimme gfehlt!«

Rieseehekrach bi ’s Meiers! De Meier Schorsch war ibber Nocht nit deheim un behauptet, er hätt bime Kumpel ibbernochtet. Sinni Gisela kocht vor Wuet! Am Obe stellt sie ne zur Red: »Lieber Schorsch! Ich hab hit zehn Kumpels vun dir angrufe! Fünfi hänn mir bestätigt, dass du bi ihne ibbernochtet hesch un drei behaupte, du wärsch immer noch dert!«

De Kripochef versammelt sinni ganz Mannschaft um sich: »Meine Damen, meine Herren! Eine sehr erfreuliche Nachricht! Meine Gattin ist schwanger!«

Betretenes Schweigen, dann meldet sich de Lehrling: »Chef! Hänn Sie schun ä Verdacht?«

Australie. 40 Grad im Schatte. Im Beutel vunere Kängaruhmama hockt ä kleiner Eisbär un schwitzt viehmäßig. Er steht kurz vorem Kreislaufkollaps!
Alaska. 40 Grad minus. Uffere Eisscholle hockt ä jungs Kängaruh, friert viehmäßig un flüschdert: »Scheiß Schüleraustausch!«

Im Hämme sinni Beschde!

D' Waltraud un ihr Alfred ware jetzt schun faschd 45 Johr verhierade. Un immer am Zischdig het d' Waltraud Damekegle ghet. De Alfred het sich wie immer ä scheener Obe gmocht, isch so gege de halber zwölfi ins Bett, het noch ä bissli Zitung gläse un ä Achteli Spätburgunder gschlürft. Uff eimol het er gmerkt: ä Sturm isch im Anmarsch! D' Schlofzimmerdier isch uffgrisse wore un sinni Waltraud isch in voller Schönheit im Schlofzimmer gstande: »Ich lass mich scheide! Im Damekegle muaß ich erfahre, dass du ä Geliebte hesch!«

»Ha, jetzt reg dich doch nit so uff! Bi uns im Dorf het inzwische faschd jeder ä Geliebte! Minner beschde Kumpel, de Schorsch, het eini un minner zweitbeschde Kumpel, de Franz, het au eini!«

D' Waltraud het ganz schwer gschnuuft un gfrogt: »Ja, wo hänner denn die Wieber kenneglehrt?«

»Ha, die tanze in Offeburg im Nachtclub im Ballett!«

»Ziäg di an, mir fahre sofort nach Offeburg!«

Endlich ware sie dann in dem Nachtclub un endlich isch des Ballett kumme. De Alfred het gsait: »Siehsch, Schatz! Die Dritt vun links, des isch im Schorsch sinni. Un die Zweit vun rechts, des isch die vum Franz. Un die in de Middi ... des isch minni!«

D' Waltraud het d' Brill putzt un ganz genau hiigschaut, dann het sie ihren Alfred in de Arm gnumme un gsait: »Alfred! Unseri isch die Schönschd!«

Im Hämme sinni Beschde!

Dieser Witz ist der Lieblingswitz meiner Frau Diana, also »Im Hämme sinnere Beschde!«, und sie erzählt ihn bei ganz vielen meiner Auftritte als Zugabe. Viel Spaß!

Vier Stier hänn ganz gmietlich uffeme Hügel gweidet. Einer war ein Johr ald, de ander Stier fünf, einer zehn un de Opa war schun 25 Johr ald. Uff eimol sähne sie vun de Ebeni her ä Herd Küh uff dänne Hügel zulaufe. De einjährige Stier het briält: »Auf geht's, Männer! Mit Volldampf nunter! Mir packe alli!«

De fünfjährige Stier het gsait: »Mach langsam! Mir laufe ganz gmietlich nunter un packe aber nur die Schöne!«

De zehnjährige Stier het gmeint: »Wenn die ebbis vun uns welle, solle sie ruffkumme!«

Un de 25-jährige Stier het ganz nervös gflüschdert: »Halte doch bigoschd Gosch! Sie hänn uns noch nit gsähne!«

10 – 9 – 8 – 7 … un dann isch fertig!

Kleinanzeig im Offeburger Tageblatt: Verkaufe komplette Brockhaus-Enzyklopädie! Habe geheiratet und meine Frau weiß eh immer alles besser!«

»Sinn ihr beidi Zwilling?«

»Nei, wieso?«

»Will euch euri Mama genau glich anzoge het!«

»Des langt! Führerschien un Fahrzeugpapiere bitte!«

De kleine Max findet direkt vor sinnem Elterehuus ä 100-Euro-Schein. De Nochber kummt zufällig dezu un meint: »Max! Dänne bringsch aber glich ins Fundbüro!«

»Nei, nei! Der ghert bestimmt de Mama! De Babba sait immer, die schmisst 's Geld zum Fenschder nuss!«

D' Schwiegermudder isch schun sit zwei Woche do. Do sait die klein Mia zu ihr: »Oma! Ich freu mich schun riesig! D' Mama het versproche, ball ihr Kunschdstück vorzführe!«

D' Oma frogt neugierig: »Was fir ä Kunschdstück, Mia?«

»Sie het gsait, wenn du noch zwei Däg dobliebsch, geht sie d' glatte Wänd hoch!«

10 – 9 – 8 – 7 … un dann isch fertig!

De Ehemann sait zu sinnere Frau: »Schatz! Ich mueß der ebbis bichte! Ich bin fremdgange!«

Sie sait: »Ich au!«

Er: »April, April!«

Sie: »Ich im Mai, Juni un im Juli!«

Ä Mann kummt in d' Linde in Hofstette. De Kaspar Albert, de legendäre Seniorchef vun däre tolle Wirtschaft, isch allei am Trese. Der Mann bstellt ä Pils, drinkt gmietlich sin Bierli un sait dann: Herr Wirt, zahle!«

De Albert sait: »2,60, bitte!«

Der Mann macht de Geldbiddel uff, holt sechsezwanzig Zehnerli russ, schmisst sie hinter d' Thek, steht uff un geht! De Albert schiddelt de Kopf: »Ha, so ebbis hab ich jetzt noch niä erläbt! So ä Frechheit!«

Am näschde Dag steht der Kerli widder do! »Herr Wirt! Ä Pils!« De Albert bringt ihm des Pils un wu der sait: »Herr Wirt, zahle!«, geht er direkt an de Tisch un sait ganz freundlich, aber bestimmt: »2,60, bitte!« Der Kerli gibt ihm ä 5-Euro-Schien un im Kaspar Albert kummt spontan ä tolli Idee! Er geht an d' Kass, holt vierezwanzig Zehnerli russ un schmisst sie dem Kerli ibber de Tisch! Der stutzt kurz, lacht, macht de Geldbiddel uff, holt zwei Zehnerli russ, schmisst sie hinter d' Thek un sait: »Herr Wirt! Sie hänn mich überzeugt! Ich drink noch eins!«

Ä ganz jungs Ehepaar ussem Norden verbringt ihre Flitterwoche uffem Schätzlihof in Biederbach. De Schätzli Sepp nimmt sich ä bissli Zit un zeigt sinni Gäschd de Hof. Sie kumme bi de Hiähner vorbei un de Hahn hockt grad ufferer Henn. Do frogt die jung Ehefrau: »Herr Schätzle! Wie oft macht denn der Hahn das am Tag?«

De Sepp lacht un sait: »Ha, so zwanzig Mol kriägt er schun hii!«

Do gibt die Frau ihrem Mann ä Knupper un sait: »Siehste!«

Der frogt sofort de Sepp: »Herr Schätzle! Macht er das dann immer mit der gleichen Henne?«

De Sepp lacht widder: »Ha, nei!«

De Ehemann zuckt mit de Schulter, schmunzelt, schaut sinni Frau an un sait: »Siehste!«

De Weber Gottfried sitzt am Stammtisch in de Rose in Steine un sait: »Hit Nochmiddag bin ich hinterme Laschder vunere große Spedition hergfahre. Do isch hinte druffgstande: ›Fahrer gesucht!‹ Jetzt hab ich do sofort angrufe un gsait, dass ich de Fahrer gfunde hab! Der sitzt ganz ordnungsgemäß hinterm Lenkrad un macht sinni Ärbet! Ich versteh garnit, warum die am Telefon so unfreundlich ware!«

De Schwörerbuur het in de Nähi vun sinnem Hof ä großi Matt mit scheene Obstbäum druff uneme kleine Teich. Gege de Obe will er middeme Eimerli ä bissli Obst hole, do sieht er zerschd ä paar Fahrräder im Gras liege, dann Kleider … dann hört er Lache un Kreische ussem Teich un ihm isch sofort klar: »Aha! Die Wieber vum Turnverein hänn ä kleini Fahrradtour gmocht un bade jetzt ä bissli nackig in sinnem Teich!«

Wu die Mädels de Schwörerbuur sähne, sait eini ganz uffgregt: »Willi! Mir kumme nit uss dem Teich russ, bis du weg bisch!«

De Schwörer Willi lacht un sait: »Ich bin sofort widder verschwunde!«, dann hebt er sinner Eimer in d' Höh. »Ich will nur schnell 's Krokodil füttere!«

Und jetzt kommt der letzte Witz von meinem Buch! Ihn wollte ich schon in meinem ersten Buch bringen … dann im zweiten, im dritten … das Problem: In dem Witz kommt normalerweise ein Wort vor, das ein anständiger Witzeerzähler niemals verwenden würde, aber: der Witz ist echt klasse! Und so kam mir die Idee, das furchtbare Wort einfach durch ein ganz anständiges Wort zu ersetzen. Sie müssen natürlich ein bisschen mitdenken! Viel Spaß!

10 – 9 – 8 – 7 … un dann isch fertig!

Drei Freunde mache ä großi, mehrtägigi Wanderung, und am End vum luschdige, herrliche erschde Obe schriebe sie ihre Fraue folgende Whatsapp:

»Wär ich ein Vögelein, flög ich zu Dir, da ich ein Wanderer bin, piepse ich hier!«

Fünf Minute später kummt schun die erschd Antwort: »Zuhause bist Du schon gemein, aber in der Fremde wirst Du zum Schwein!«

Drei Minute später – Antwort zwei: »Dir Wanderer glaub ich kein Wort! Du piepst ja hier nicht mehr, dann piepst du auch nicht dort!«

Un die dritt Antwort war de absolute Hammer: »Du bist kein Vögelein, du bist ein Wanderer! Aber sei beruhigt, mich piepst schon lang ein Anderer!«

Liebe Leserinne, liebe Leser!
Jetzt hänner's gschafft! Min Biächli isch fertig, un ich bedank mich ganz herzlich bi euch, dass er's kauft hänn un – hoffentlich – bis zum Schluss au gläse hänn! Ich hoff, ihr hänn so viel Spaß bim Läse ghet wie ich bim Schriebe!

Herzliche Grüße
Euer
Helmut »De Hämme« Dold

PS: Ich bin viehmäßig neugierig!
Welcher isch de beschde Witz vun dem Biächli?
Schriebe's mer bitte: helmut.dold@web.de

10 – 9 – 8 – 7 …
un dann isch fertig!

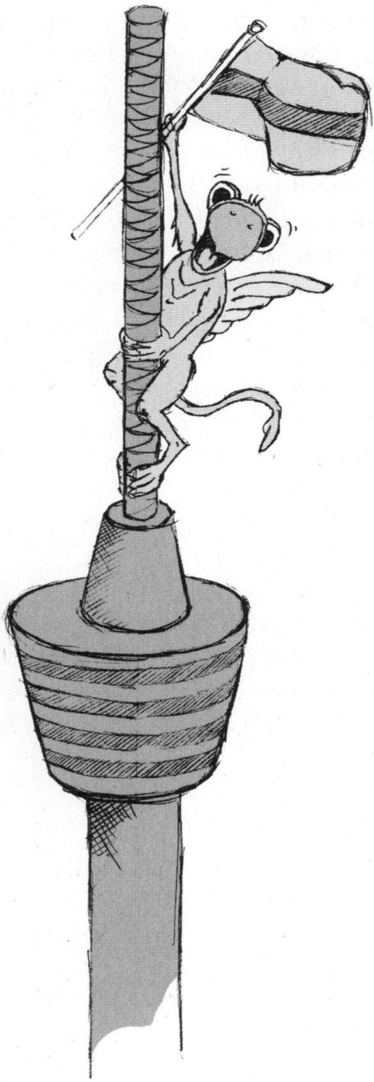

Lachen hält gesund

Sauschwob

Badische Witzle über die geliebte Nachbarn

»Schwobe schaffe, Badner denke«, weiß der Badener. Und so denkt er sich unter anderem einen ganzen Haufen »Witzle« über den hassgeliebten Nachbarn aus. In diesem Büchlein sind sie zusammengetragen: Direkt aus dem Leben gegriffen, natürlich immer schön überspitzt und übertrieben, führen diese meist boshaften, im Ausnahmefall auch mal liebevollen badischen »Witzle« über den »Sauschwob« dem Leser die schwäbischen Schrullen vor Augen. Ein Feuerwerk des Spottes, das vielleicht sogar manchem »Schwob« einen Lacher abringen kann.

Mit Zeichnungen von Björn Locke.
96 Seiten. ISBN 978-3-8425-1283-2

SILBERBURG

Badische & musikalische Unterhaltung von Helmut Dold alias "De Hämme" auf CD:

Bestell-Nr. 1-004-CD-DEH

Bestell-Nr. 9-004-CD-DIX

Bestell-Nr. 4-002-CD-DEH

Bestell-Nr. 5-005-CD-HDP

Bestell-Nr. 2-001-CD-DEH

Bestell-Nr. 92-007-CD-HD

http://shop.helmut-dold.de